飛小說。
We Love
Easyfly.

少女騎士の圖柏島夜未眠

夏憐歌

薔薇帝國學院的儲君之一——彼方·蘭薩特座下的騎士。
意志跟適應力都如雜草般強韌。怕麻煩，不喜歡暴露於人前，
可是一旦碰到在意的事情就會不由自主的追根究柢。
在不明就裡當上蘭薩特的騎士之後·總是與他作對。
兄控，一談到哥哥夏招夜，辨別能力會迅速下降。吐槽役。

常清

性格火爆的戰鬥狂，什麼東西到他手裡都能變成武器。被蒲賽里德稱為「猛獸」。對十秋非常忠心，對著他會變成聽話的大型犬。

小十秋

夏憐歌掉下山崖後，遇見的幽靈。自稱是「十秋朔月」。被一隻説著文言文的白色貓妖保護著。

The Memory and the
City State with Thorns.

Episode Three

記憶與荊棘城邦
The Memory and the City State with Thorns.

The Memory and the City State with Thorns.

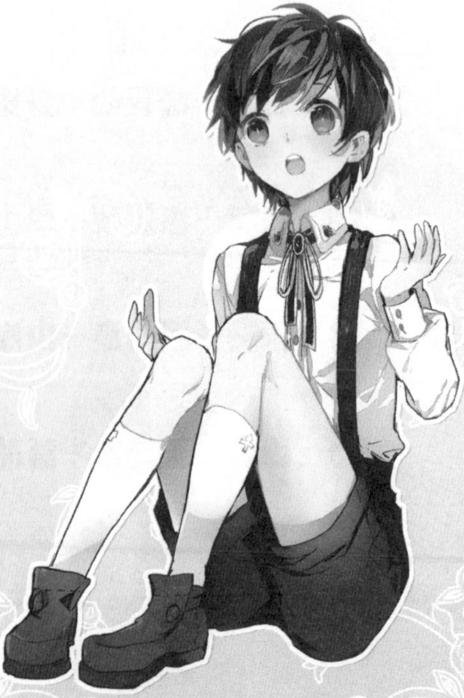

Episode Three
記憶與荊棘城邦

00

楔子

A Preamble

靠近歐洲大陸西北部海岸，隔著北海、多佛爾海峽和英吉利海峽，與歐洲大陸相望的島國，被稱為新英倫，建立在主要領土外海、但仍屬於新英倫領土的群島——奧克尼群島上的貴族都市是全球最大的學院，被稱為「新英倫上的亞特蘭提斯」。

它的建校歷史已經長達一百零七年，一直以來只接受貴族或者擁有優良基因的混血兒在此定居。不過，近年來也開始批准業績卓越的普通人——如技術高端的科技人員或經濟實力強大的企業家申請移民，以及允許擁有成為此等優秀人才潛力的普通學生入讀。其學院規模之龐大與優越的科技設施可媲美一個首級大城市，並且有自己完善的經濟體系，因此這所學院也被稱為The Empire of Rose。

這就是有幸通過高難度入學考試的我將要入讀的超級貴族學校——薔薇帝國學院。

01

爭執✝留聲機✝記憶的長廊

頓了半晌，常清嫌惡的小聲嘀咕：「所以我才討厭幹這種差事。」

夏憐歌有些僵硬的扯了扯嘴角：「有這麼危險嗎……不就是潛入他人的記憶？」

「難不成妳以為潛入他人的記憶是在觀光嗎？」

……對不起我真的是這麼以為的。夏憐歌默默的扭過頭去。

The Long Gallery of Memory.

冬季開始漸漸的近了，萬聖節過後，在接下來的一個多月內倒沒有什麼大型的活動，儲君們的工作也比之前輕鬆多了。這種時候，蘭薩特總會像一隻正要進入冬眠的松鼠，彷彿前些日子的疲憊在此時全部爆發，偶爾只是像這樣趴在被陽光曬得溫熱的書桌上一睡，便會立刻陷入如泥沼般無邊無際的夢境中。

也不知道是從什麼時候開始，他越發經常夢見自己與十秋朔月小時候的事情。

那都是些瑣碎的、但是卻冗長繁複到令人煩躁的夢境。

他獨自一人站在寂靜的公園中央，感覺自己彷彿站在被設計好的舞臺上，周圍的一切全部都是死物。樹、欄杆、殘舊的落地燈、深褐色的長木椅、不知被誰高高堆起的小沙丘，各自待在原地，沉默的扮演著屬於自己的角色。

明快的色彩從原本的位置裡逃脫開來，微微攪和在一起，混合成更加鮮豔的色調，看起來像是被拖長了的慢鏡頭。

有細微的說話聲從前方的草叢後面傳出來，窸窸窣窣，彷彿接收不好的收音機，聽不清楚究竟在說些什麼。

蘭薩特挪了挪腳，皮鞋碾在柔軟的草地上，卻沒有發出任何聲響。整個世界都是靜止的，唯有那雜音一般的聲音在耳邊不斷迴盪。但是很奇怪的，他每走近一步，那聲音就減弱一分，待到自己完全站在草叢旁的時候，聲音就停止了。

他側了側身，並沒有刻意的隱藏自己。

在說話的人是十秋朔月。

看起來大約是八、九歲的十秋朔月，穿著非常奇怪卻貴氣的服飾，那讓蘭薩特覺得異常眼熟，但是在夢境裡，他一時想不起來究竟在哪見過。

總感覺十秋好像是從某幅古老的油畫裡走出來一般。

十秋仰起頭，似乎正愉快的跟人在交談些什麼，只是聽不見聲音，看起來簡直就像默劇一樣晦澀難懂。

蘭薩特轉過頭看向十秋的身旁，低矮的草叢以及參差的樹木，沒有人。

奇怪，沒有人，那他究竟在跟誰說話？

這樣想的時候，蘭薩特不經意的往後退了一步，「喀嚓。」他嚇了一跳。原本靜止不動的世界好像在那一瞬間全部活了過來，風帶著陽光的燥熱拂過了臉。

他想著不知十秋會不會注意到自己，慌忙的抬起頭。變換成如今模樣的對方已經轉過了腦袋，用一副略帶驚訝的表情定定的看著他。

許久，十秋才緩緩的開口問了一句：「彼方？」

眼前驟然沉入一片黑暗。

他發現自己被裹入一個密實柔軟的繭，一伸手就可以碰觸到棉花般的內壁，卻又找不到足夠伸展的空間，他被縛得難受。

「彼方。」

聲音又出現在耳旁。

「彼方，喂，快醒醒。」

像是躲在耳郭裡的幼蟬，一點一點的、安靜的啃噬著自己的耳膜。

「彼方？」

「——啪。」

繭破了。

蘭薩特睜開了雙眼，狠狠的打開十秋那將要碰觸到自己肩膀的右手。

並不強烈的光線透過身後的落地窗照了進來，灼得後背一陣疼痛。過了半晌，蘭薩特才意識到自己的動作。他有些不自覺的皺起眉頭，垂下了揚起的手，「別在我睡覺的時候來吵我。」

十秋站在原地怔了半會，才將手收了回來，摸了摸發紅的手腕。「又做惡夢了？」

「……不是。」夢境裡殘留下的冰涼還未散去，蘭薩特突然有些摸不清夢境與現實的界限。他警惕的看了十秋一眼，似乎想問些什麼，卻終究沒有問出口。

「只是，做了一個奇怪的夢……罷了。」

◇　◇　◇

天空是透明澄澈的水藍色，遠遠望去與蔚藍的海平線銜在一起，似乎已經分不清天地之間的界限。緩緩游動的帆船如同零落的白珍珠，綴在這片一碧萬頃的藍色裡，看起來彷彿描在藍絹上的工筆畫。

將視野再放遠點，心情也跟著這般愜意的景色好了起來。

夏憐歌眯了眯雙眼。透過落地窗傾瀉而進的日光掃過她羽翼般的睫毛，甚至給人一種毛茸茸的錯覺。她剛舒適的舉起雙手伸了個大大的懶腰，腦袋卻立即被人用筆頭重重的敲了一下。

「痛！」夏憐歌頓時像隻被驚嚇到的小兔子，用手撫著紅腫的額頭，看向眼前一臉無奈的紅髮少年。「你幹什麼啊莫西！」

「我說妳也太安逸了吧大小姐？」莫西．塔塔嘆了口氣，拿著鋼筆敲了敲擺在面前、寫滿解題過程的草稿紙，又指著趴在自己肩上，盯著那潦草字跡一動不動的蜥蜴。「期中考就要到了，妳就一點危機感都沒有嗎？那捷爾都比妳認真。」

……胡說！牠明明只是在發呆！

夏憐歌摸著鼻子「嘿嘿」的訕笑：「自習室裡的彩色玻璃穹頂很容易讓人分神嘛……」

「唉……」莫西又重重的嘆了一聲，扔掉鋼筆，整個人趴在桌子上，一副沒精打采的樣子。

本來是在午休時分用哈密瓜蛋糕威迫利誘莫西來到自習室幫自己補習一下的，誰知道夏憐歌一看到那些亂七八糟的題目，就感覺自己的腦袋瞬間大了起來，心思也在幾分鐘之後隨著落地窗外的海鷗飛上了天空。

少女看著美少年輔導員一臉喪氣的模樣，有些不好意思的撓了撓後腦勺，勉強正回思緒。剛想讀題的時候，教室外突然響起了女生們興奮的聲音。

「哇哇～奈緒子妳真的打算去申請成為十秋閣下的騎士嗎？」

「欸……不過十秋閣下看起來不太好相處呢，為什麼不選擇蘭薩特閣下呢？」

「雖然我也很喜歡蘭薩特閣下啦……可是他座下那個叫夏什麼的傢伙看著就讓人不爽，我才不要跟這種人一起工作。」

夏憐歌的眼角突然不易察覺的抽動了一下。

「而且十秋閣下的座下不是還有常清大人嗎？雖然他感覺起來有點危險，但打架的時候真的是超——帥氣的！如果申請成功的話，不就可以天天跟兩位美少年待在一塊了嗎？光想想就覺得好幸福啊～」

……為什麼妳們會覺得待在一個隨時隨地都會暴走的人，和一個一開口說話就直戳人痛處的人身邊是一種幸福啊？

夏憐歌總覺得自己沒辦法理解這些人的腦迴路。

女生們歡快的笑語隨著漸行漸遠的腳步聲緩緩消失，整個空曠的自習室也跟著逐漸的安靜下來。

莫西又是一臉愁苦的嘆氣：「唉……」

「……怎麼了啊莫西，再這樣嘆氣下去，頭髮都要掉光了。」

夏憐歌單手支起腮幫子，有些莫名其妙的看向莫西。這傢伙平時不都是生龍活虎的嗎？今天怎麼這麼反常？

「要是我是學生就好了……我也好想申請成為十秋閣下的騎士啊。」莫西用臉貼著冰冷的桌面失意的嘟囔著，過了好一會兒，又再次重重的嘆了一聲。「唉，不過十秋閣下的座下從來就只有常清一人而已，估計他也不會輕易接受別人的請求。」

夏憐歌將筆放在噘起的嘴唇上，一臉不解的問道：「你為什麼這麼想成為那個傢伙的騎士啊？那種擺著張死人臉，在奇怪的遊戲裡沉迷一整天的人究竟有什麼好——」

——說起來，蘭薩特那混蛋也是半斤八兩而已。

一想到他，少女的眼角又不由自主的抽了抽。

「才不是，十秋閣下明明是個很溫柔的人！」

一聽她這麼說，莫西老師頓時拍桌而起。

溫柔嗎……夏憐歌嘗試著在腦海裡想像十秋溫柔微笑的畫面，腦內圖才剛浮現出來就立刻被打上了重重的馬賽克。她抖了抖身上的雞皮疙瘩，有些僵硬的扯扯嘴角：「是這樣的嗎……」

「當然！我的命也是被十秋閣下救回來的啊！」

「咦……說起來，之前好像也聽你說過哦。」夏憐歌一下子被撩起了興趣。「這是怎麼回事？」

「小時候曾經在南港那邊落進海裡，是十秋閣下將我救起來的。」說到這，莫西不知為何一下子頹了下去。「那個時候他明明跟我說好了……」

——我會成為這個帝國的儲君，到那時候，你要成為效忠我的騎士。

那是如承諾一般充滿了力量的話語，在當時還是孩子的莫西心裡埋下了幼小的種子。

「雖然現在當了輔導員，已經沒辦法申請為騎士了，但至少也讓我用其他形式報答十秋閣下吧……可是跟他說起這事的時候，他卻一直說沒有這回事……」莫西又像一灘泥一樣癱倒在桌面上，連肩膀上的那捷爾也突然擺出一臉頹然的表情。「嗚……我是不是被嫌棄了……」

「欸……那會不會是他哥哥或者弟弟救了你啊？」夏憐歌頓時覺得有些於心不忍，連忙陪起笑臉安慰莫西。

莫西的聲音聽起來悶悶的：「才不是呢，我那時清清楚楚的看到了他手上就戴著十秋家族的徽章戒指啊！十秋家族的繼承人只有十秋朔月閣下一個人！絕對不會有錯的！」

「呃……」夏憐歌一時語塞，想了半天也想不出其他理由來，只好訕訕的回了句：「那你穿女裝去找他試試吧，就算你身為老師，搞不好他也會（看在女裝的分上）動用儲君的力量讓你成為他的騎士……」

「真的嗎！」莫西一下子從桌面上彈了起來，差點磕到她的額頭。

「……開玩笑的。」

夏憐歌哈哈乾笑了幾聲。

話音剛落，就冷不防的聽見身後忽然冒出個調笑的聲音：「所以我說啊，莫西老師，你要是想成為騎士的話，就成為我的騎士好了～我可是完全不會拒絕的喲。要知道，騎士守則可是由我這個殿騎士聯盟管理者制定的，老師不能成為騎士這種荒謬的傳統在我看來早該取消了……」

「嗚哇！」夏憐歌被嚇得立刻往旁邊一跳，差點被鞋帶絆倒在地上。原本死氣沉沉的莫西也像隻貓一樣瞬間炸開了毛。

待她反應過來，才漲紅臉朝蒲賽里德大吼出聲：「混蛋蒲賽里德！你什麼時候進來的？！為什麼跟十秋那傢伙一樣、走路一點聲音都沒有！你們究竟是什麼關係啊！」

「什麼關係？」好像突然對這個問題來了興趣，蒲賽里德仰起了頭，擺出思考的表情，忽而又換上一張春暖花開的笑臉。「其實是親．兄．弟喲！」

「聽你鬼扯！」莫西掄起桌上厚重的教科書，就朝他那張怎麼看怎麼可恨的臉摔了過去，然而卻被他一個閃身躲開。

蒲賽里德露出心痛欲絕的神色，無奈的攤了攤雙手，「哎呀呀，這可太傷我的心了，莫西老師，我說的可是大實話。」

「你想說你其實是十秋家族裡的私生子嗎！」夏憐歌也聽不下去了。

「這得從很久很久以前說起……」他又換上一副追憶往事的臉。「那個時候我們被身邊所有人拋棄，只剩下兄弟倆相依為命、顛沛流離、歷盡艱辛，一路的苦難我們都忍受過來了，誰知道在一個月黑風高的夜裡，我們卻意外的走失了……」

「……」

蒲賽里德假惺惺的拭了拭眼角，「我也是最近才得知真相的，我失散多年的弟弟……」

「夠了！你的妄想症也太嚴重啦蒲賽里德！」夏憐歌簡直忍不住想拿蒼蠅拍往他臉上掃過去。「還有，這是什麼JUMP系少年漫畫的套路！是不是在相認之後你才發現多年不見的弟弟已經變成了反派大BOSS，結果你為了拯救世界不得不犧牲至親啊？」

「哎呀，被妳知道了，這可是我構思了好久的少年漫畫劇本哦～」蒲賽里德又笑了起來。

日光透過窗子，在他身後投下了一圈陰影。少年隱晦的笑容被隱藏在渲染開來的黑色裡，紫色的眼眸宛若夜裡獵豹的瞳，不知道究竟沉澱著什麼。

「不過嘛……」他抬起手在夏憐歌眼前搖了搖，拇指和食指靠近，做出捏著一隻螞蟻的動作。「妳說的，跟事實稍微有一點點的出入。」

「……懶得跟你扯。」夏憐歌仰頭對天翻了個白眼，抱起桌上的試卷，掉頭就走。

身後的蒲賽里德馬上晃開了身子，朝莫西湊了過去，「所以，無論是跟十秋還是跟我都是一樣的哦～快點投向我的懷抱吧莫西老師！」

「滾！」

莫西那一聲憤怒又悲愴的叫喊，在這午間空曠的教室及走廊裡久久迴盪，經久不衰。

◇◇◇

離下午上課還有一段時間，夏憐歌百無聊賴的到處閒逛著，剛才的好心情完全被蒲賽里德的出現一掃而光。她望著有些猛烈的陽光，瞇了瞇眼睛，心裡想著乾脆到蘭薩特的事務廳小憩一會兒好了。

她剛走到事務廳的門口，卻意外的聽見裡面傳來了激烈的爭吵聲。

「真是夠了！我做都做了還能怎麼辦？！」

「你現在做什麼都沒辦法彌補啊混帳！」

十秋的聲音比平常任何時候都來得暴躁，夏憐歌隱隱感覺句末還帶了一堆的驚嘆號，按在門把上的手頓時僵住了。

「你……？！」

蘭薩特的聲音一哽，夏憐歌甚至都可以想像出他此時的表情有多麼的氣急敗壞，連忙條件反射的往旁邊一跳。果不其然，下一秒，那扇門立即被「砰」的一聲踹開。蘭薩特見了夏憐歌也不說話，只是板著一張面孔，大步朝走廊的盡頭走了過去。

夏憐歌有些莫名其妙，正看著蘭薩特的背影小聲嘀咕，忽然覺得脊椎一冷，好像有什麼不好的東西已經默默的移到了自己背後。

她僵硬著脖子，緩緩轉過腦袋去看惡鬼般的十秋朔月，感覺自己整個人都要被他周邊那比往常沉重一百倍的低氣壓攪得粉碎。

「早、早啊，十秋……」夏憐歌滿頭大汗的打著哈哈。

十秋盯著她，背後烏雲密布。

「你……你們……那個蘭薩特他……」夏憐歌被他那愈加沉重的低壓氣場逼退一步，趕緊拉扯起嘴角，想說些什麼來緩和氣氛：「哈哈哈他究竟做了什麼喪盡天良的事情讓你這麼氣憤，難不成是……」

她居然還真的皺起眉頭思考了一瞬，脫口而出：「背夫偷漢？！」

「……」十秋看著她，突然惡狠狠的笑了起來。「妳想死啊夏憐歌？」

「……對不起我錯了，閣下請您原諒。」

風雨欲來前的黑暗氣息撲面而來，幾乎把她直直的碾進石製的地板裡。夏憐歌掉頭就想逃，十秋卻先她一步，整個人氣勢洶洶的朝蘭薩特跑開的反方向走了出去。

夏憐歌的腳步愣在原地，午後的日光將地面漆成乾淨又溫暖的明黃色，她好像覺得哪裡不對勁，呆在原地半晌，才恍然大悟起來。

等等……這兩人……

這平時好到都開始讓人覺得不正常的兩個人……

居然吵架了？！

◇　◇　◇

下午的所有課，夏憐歌幾乎都是在恍恍惚惚中度過的。她想不出蘭薩特和十秋這兩人究竟是為了什麼吵架……

雖然說蘭薩特平時囂張到實在讓人討厭，但一對上十秋，他好像整個人就沒了脾氣一樣；而十秋除了個性比較古怪之外，也並不是那種會隨便對蘭薩特發火的人。她總覺得剛才的所見所聞不真實到了一個境界，好像這一切全部都只是她自己的夢境。

金髮碧眼的美女老師在黑板前面帶微笑的講解天書，夏憐歌一臉呆滯的托腮望向窗外。

海面上白帆點點，一艘巨大的豪華郵輪穿梭在中央，周圍還跟了好幾艘快艇和小型軍艦，看起來簡直就像是闖進了羊堆裡的獅子般。

坐在身旁的女同學小小的驚嘆了一聲，用手肘撞了撞正在發呆的夏憐歌，「欸，妳看，那不是十秋閣下的船隊嗎？」

咦？！

思維一下子被同學口中的名字拉了回來，夏憐歌瞇了瞇雙眼，隱隱約約的瞧見了位於船隊中央的郵輪船身上，似乎雕刻著一隻展翅的鶴。

如果沒記錯的話，蘭薩特家族的徽章是盛放的蒼蘭，而鶴則是十秋家族的專屬標誌。

女同學一臉傾慕的捧著雙頰，望著那一列壯觀的船隊。「哇……果然好氣派啊。不過十秋閣下家裡發生了什麼事嗎？為什麼會這麼急著趕回家呢？」

「等……等等，妳的意思是，這船隊是來……接十秋回家的？」夏憐歌感覺自己握著直尺的手抖了抖。

「對啊。」女同學有些疑惑的回望她，露出了一副明知故問的表情。「這不是理所當然的嗎？」

「啪嗒。」尺斷掉了。

……理所當然個毛線啊！看這陣仗，她還以為是附近出現了什麼駭人聽聞的連環慘案好嗎！

女同學也不搭理夏憐歌那吃到蒼蠅般的臉色，依舊滿是憧憬的望著窗外，若有所思的說：「不過還真是意外啊，十秋閣下平時都是不到長假不回家的耶。」

欸？

烏雲密布的臉色稍稍的從臉上褪了下去，夏憐歌想起剛才蘭薩特跟十秋吵的那場架，當時十秋焦躁的模樣確實是從來都不曾見過的，現在又這麼急急忙忙的回家……難道他家裡真的出現了什麼讓人措手不及的變故嗎？

這麼一猜測，一直對蘭薩特存有莫名偏見的夏憐歌，心中的天平一下子全部傾到了十秋身上。她翻了個白眼，沒好氣的撇了撇嘴想：真是的，蘭薩特這個傢伙，真的就這麼一點都不會體諒別人嗎？

下午的課簡直多得離譜，幾乎是一節接著一節上，連讓人喘口氣的機會都沒有。夏憐歌的思緒又一直被蘭薩特和十秋這兩人打斷，結果當一臉嚴肅的講師扶了扶眼鏡宣布休息的時候，即使她完全沒有聽進他們所講的內容，也覺得自己的腦袋像被人扭成了麻花，亂成了一團。

走出作為教學實施區的銀角區，夏憐歌跟一大堆學生上了校車，前往久原區。車廂裡被暖氣烤得暖烘烘的，在夜幕下隱隱的透出些曖昧的橙黃色。她靠著柔軟的椅背昏昏欲睡，身旁被功課摧殘了一整天的同學們，卻仍然一副朝氣十足的模樣。

「一整個下午沒有看見兩位閣下，總覺得人生好寂寞噢嗚嗚嗚。」

「咦，為什麼這樣說？雖然十秋閣下回家了，但不是還有蘭薩特閣下嗎？」

「可是聽說蘭薩特閣下整個下午也都沒有出現過欸～」

車子顛簸了一下，夏憐歌睜開了眼睛，眉頭有些不易察覺的微微皺起。

女生們還在嘰嘰喳喳的說著什麼，她已經聽不清了。夏憐歌往椅背又靠了靠，現在她心裡彷彿養了一隻精力無限的兔子，在思緒深處蹦蹦跳跳的鬧騰個不停。

跟十秋吵架之後，蘭薩特那個傢伙究竟跑到哪去了？居然一整個下午都沒有出現？

都這麼晚了，他會不會遇到什麼危險？

還是跟十秋一樣，一賭氣也跑回家去了？

她也不明白自己心中的這股躁動是為了什麼，只是覺得剛才那些女生的話如同一堆扔進沸水裡的冰塊，在她腦海裡濺起了無數滾燙的水花，蘭薩特囂張又驕傲的笑容如同起了雪點的老舊膠片，在眼前搖搖晃晃。

夏憐歌強迫自己冷靜下來，卻仍舊止不住那份往四肢百骸蔓延過去的焦躁。到了最後，她也只能撫了撫額頭，有些自嘲的輕輕「嘁」了一聲。

明明是個只會嘲笑自己的傢伙，她為什麼還要這麼在意他啊……

◇　◇　◇

久原區是薔薇帝國學院裡統一的學生生活住宅區，像夏憐歌這樣擁有騎士身分的學生，所居住的宿舍是位於區中央、占地約一百公頃的巴洛克式豪華城堡。

城堡被掩蓋在一片盎然的濃蔭之中，前方是一潭清澈見底的人工湖，姿態優雅的黑天鵝有如舞蹈家般在湖面慢悠悠的暢游著；城堡後則是植滿了各式鮮花的宮廷式園林，以及廣闊的林木草地，中間甚至建有供騎士休閒的狩獵場。

夏憐歌的房間是在城堡的三樓。她拖著疲憊的身軀，緩步走到金碧輝煌的房門前，將胸前的校徽摘下置於門把處，那扇門瞬間像是通過了密碼驗證的保險箱一樣，匡啷一聲，自動打了開來。

房間裡一片漆黑，她也懶得去開燈，隨手有氣無力的將房門關上，摸索著走向房間中央那張 KING SIZE 大床，張開雙臂，就往床上撲了過去。

亂七八糟的腦子裡想的盡是蘭薩特的事，她懊惱的揉了揉頭髮，正考慮著明天是不是要去找十秋瞭解一下情況，卻在那一瞬間聽見耳旁傳來了淺淺的呼吸聲。

夏憐歌的腦子頓時轟的一聲停止了運轉，似乎連體內的血液都被那聲起起伏伏的呼吸凝住了。

什……什麼狀況？！

後背滲出了冰涼的冷汗，夏憐歌僵直著身體不敢挪動一分，心臟跳動的聲音在這寂靜的夜裡，也漸漸變得大聲了起來。

就這樣沉默的對峙了許久，身邊那個來路不明的東西突然一個翻身，修長的手臂往她胸前壓了過來，耳旁盡是對方吐出的溫熱又曖昧的鼻息。

「……咿呀呀呀呀呀呀——！」

她終於忍不住一腳將那人踹了開去，而哽在喉嚨裡的尖叫一喊出，就好像再也停不下來一樣。

前方傳來了窸窸窣窣的響聲，一個聲音隨著漸漸停下的尖叫響了起來，帶著點不悅又帶著點困惑：「痛死了，我居然睡著了嗎……」說著，他稍微停頓了一下：「……朔月？」

「朔你個頭！你誰啊！亂闖少女房間的人是要遭天譴的混蛋！」夏憐歌一邊罵，一邊慌亂的摸向床頭燈的開關。

「啪」的一聲，霎時光亮四起，兩人都被這驟亮的燈光扎得睜不開眼睛。

「唔，搞什麼啊……原來是夏憐歌嗎？」

好不容易才適應了光線的夏憐歌，慢慢的將擋在眼前的手放了下來，就看見對面髮絲凌亂的蘭薩特套著被壓皺了的白襯衫，半個身子壓在床單上，用不知道是失望還是鄙夷的目光斜睨著她。

夏憐歌瞬間感覺所有的語言都是空洞的。

「……我還想問你搞什麼呢！害我剛才還那麼擔心你！結果你整個下午都待在我的房間裡睡覺嗎！」

一個火大，她拿起床上的枕頭毫不客氣的朝他甩了過去。

蘭薩特一個閃身輕輕鬆鬆的躲開了夏憐歌的枕頭攻擊，又立即傾過身子，整個人懶散的躺倒在床上，原本無精打采的臉上忽然冒出了一絲趣味，「噢？這麼關心我啊？」

看著她一下子漲紅了的臉，蘭薩特微微的勾了勾脣角，「那正好，我有事讓妳幫忙，只有他一人我也放不太下心……」

話音還未落，夏憐歌就義正辭嚴的大吼出聲：「想都別想！沒門！」

反正跟這傢伙扯上關係肯定是一點好事都沒有！上上次讓她去調查幽靈愛麗絲，結果差點廢了她一條手臂；上次的吸血鬼事件，讓她把最珍貴的六芒星項鍊都賠了進去！這次又想讓她幹什麼？難道是用神奇寶貝球去降服十秋朔月嗎？！

在一秒之內就慘遭拒絕的蘭薩特，果不其然的黑了整張臉，可是他還沒來得及發洩心中的不滿，就聽見門外突然傳來驚天動地的敲門聲。

不，與其說是敲門，還不如說是砸門。聽起來簡直就像是久不得食的大怪獸聞到了從密封房間裡傳出的烤全豬香味，於是用盡生命在破除阻隔美食的障礙一樣。

夏憐歌當即心下一跳，腦海裡全是「完了要被嚥進食道裝進胃袋再過濾成渣滓排泄出來了」的可怕想法。果然蘭薩特就是個災星再世！走到哪麻煩跟到哪！照這力道，說站在門外面的人不是雙肩撐天的巨人阿特拉斯她都不信！

那邊的蘭薩特卻是十分淡定的爬回床上坐好，一臉欠扁的對夏憐歌吩咐道：「去開門吧，夏憐歌，如果不想門被砸壞的話。」

「……喂！如果外頭是凶神惡煞、滿臉橫肉的強盜，那我該怎麼辦啊！你的紳士風度死哪去了！」

「放心，雖然那傢伙危險係數不低，但並不是什麼可疑人物。」

……我才不管他是不是可疑人物！光是「危險係數不低」這個條件，就夠讓人擔驚受怕的好嗎！

夏憐歌差點就衝過去把優哉游哉的蘭薩特掐死，可是在看到那扇絕對堅固的門似乎已經開始往內凹陷的時候，她又有些心痛，畢竟這是她的宿舍房間，以後遮風擋雨還要靠它呢。

這麼想著，夏憐歌終於把心一橫，顫巍巍的走到門後，在震得人手腳麻痺的砸門聲中嚥了嚥口水，她閉上眼睛，彷彿前赴沙場的死士般嘩啦一聲用力將門扯開。

那一瞬間，一道凜冽的拳風迎面撲來，夏憐歌甚至已經做好了被揍飛的準備。縮了縮肩膀，預料中的疼痛卻遲遲沒有落下，她疑惑又膽怯的微微睜開一隻眼睛，發現那砸門砸出了慣性的拳頭就這樣懸在她面前，只差一公分就可以將她的鼻子打個粉碎。

好不容易鼓起的勇氣一下子用光了，雙腳好像失去了支撐力，夏憐歌身子一斜往後退出幾步，軟綿綿的靠在了牆壁上。

拳頭的主人將手收了回來，微微上揚的雙眼像一把尖銳的刀。

「妳就不能早點來開門嗎？手痛死了。」

話雖是這麼說，可他卻絲毫沒有顯露出疼痛的表情來。

……那你就不能用正常一點的方式敲門嗎？！恐怖分子也沒你這麼囂張啊！常清！

不過夏憐歌並不敢吼出來，因為原本殺傷力就以一敵百的常清，現在更是一副火大的表情。他抓了抓有些亂糟糟的頭髮，一臉不爽的打了個大大的哈欠，尖尖的犬牙在這種時候就跟鬼的獠牙一樣恐怖。

「啊，煩死了，一覺醒來就要看妳這張蠢臉。」

嗯，這大概就是所謂的起床氣了。

夏憐歌面無表情的在心裡腹誹。

雖然她有點想吐槽這傢伙為什麼會在晚上七、八點的時候才犯起床氣。

常清也沒再理她，逕自大剌剌的闖進她的宿舍走到蘭薩特身邊，順手拉過梳粧檯旁的高背椅，一把反跨了上去，懶懶的將下巴靠在椅背上，又打了一個哈欠。

……拜託你進女孩子房間的時候稍微有點羞恥心行嗎？

跟在他身後的夏憐歌冷冷的斜睨著常清一連串的動作，心想：說起來，這傢伙到底是過來幹什麼的啊？

就在這時，床上的蘭薩特看似有些不悅的說了一句：「太晚了，常清，我記得幾個鐘頭以前就打過電話給你了。」

「沒辦法啊，接完電話又睡了過去。」常清抬手伸了個懶腰，拭了拭因打呵欠而從眼角滲出的淚水。「我已經讓自己儘快醒過來了啦。」

蘭薩特皺了皺眉，「你下午不是有課嗎？」

……那身為儲君的你下午也是有課的啊！還不是一樣窩在我宿舍房間裡睡覺！你有什麼資格說別人！

夏憐歌在心裡恨得牙癢癢。

常清的動作卻是一僵。

看到常清這般反應的金髮少年，立刻露出了別有深意的目光。「喔……十秋不在？」

「好啦，好啦，我答應你就是了。」常清突然非常苦惱的揉了揉腦袋。「你別跟十秋閣下說我沒去上課。」

真是的，明明就是一隻發起瘋來任誰也攔不住的狂犬，為什麼會這麼怕十秋呢？

夏憐歌撇撇嘴，而下一秒當她消化完那兩人剛才的對話、又看到蘭薩特那騷包的躺姿時，思緒頓即往又邪惡又糟糕的方向飛了過去。

「等一下——!」夏憐歌羞紅了臉，像隻兔子一樣跳起來。「混蛋混蛋混蛋!你們……你們想在我充滿少女情懷的房間裡做什麼羞恥的勾當!滾回你們自己的地方去!」

「……」蘭薩特難得的沒有斜眼看她，反而露出了一臉無語又同情的表情。「有些時候我真不能理解，為什麼這麼愚蠢的妳能在這個世界上活那麼久。」

一旁的常清將眉頭擰成了結。「雖然我不明白妳在說什麼，但不知為啥妳剛才那些話讓我感到了莫名的不爽。」

「那就給我好好說明清楚，你們究竟想用的我房間幹什麼!」

蘭薩特卻一下子不說話了。

受不了這種氣氛的常清懶洋洋的拋出一句話來：「閣下想讓我進入他的記憶裡。」

「進入……記憶?」夏憐歌愣了愣。

低垂著眉眼的蘭薩特含含糊糊的應了一句。過了半晌，他才仰起頭來，看著夏憐歌淡淡的道：「我想試試看，能不能把我三年前那段失去的記憶找回來。」

三年前失去的記憶？是與「幻想具現」事件有關的那一段嗎？

想到這裡，夏憐歌又不由自主的瞥了一眼常清，在對方將凶狠的目光殺過來時立刻低下腦袋假裝沉思。「這樣啊……但是為什麼要找常清呢？」

「妳就不能動動腦筋，根據我們剛才的對話推理一下嗎？」金髮少年輕不可聞的嘆息了一聲。「那當然是因為常清他擁有『能夠進入他人記憶』的ESP啊。」

原本還想反駁一下對方的諷刺，然而下一秒夏憐歌卻驚詫得大叫了一聲：「欸——？！你說什麼？常清有ESP？！」

「……我說妳，是不是把我當成除了打架之外什麼都不會的笨蛋啊？」這回輪到常清不悅了。

難道不是這樣的嗎？！

緊接著，常清又露出了得意洋洋的神色，「好歹我也是十秋閣下座下的騎士。」

「就是說呢，夏憐歌。」蘭薩特嫌棄的看了夏憐歌一眼。「稍微對比一下，妳難道就不覺得慚愧嗎？」

是是是！失禮了那還真不好意思啊！蘭薩特閣下！

夏憐歌沒好氣的喊了一聲：「既然這樣，那你幹嘛現在才讓常清幫你啊？」

蘭薩特又沉默了，他好像在思考什麼，又好像只是單純的不想說話，過了好久才輕輕的張開了口：「……因為最近做了一個讓我非常在意的夢。」

那究竟是怎樣的夢呢？

在接下來的時間裡，蘭薩特又再次安靜了下來。

也不知是不是燈光問題，他那張被籠罩在陰影裡的側臉，看起來竟帶了一絲似有若無的憂鬱。

夏憐歌知道，他並不想述說那個夢境。

對這樣子的蘭薩特感到無所適從，夏憐歌硬是強迫自己笑了起來，「算、算了，那我就不打擾你們了，趕緊弄完把房間還我哦，要不然我今晚就要睡走廊啦。」

氣氛並沒有因此緩和下來。

夏憐歌站立在原地幾秒，尷尬的說了聲「拜拜啦」轉身欲走。而蘭薩特的聲音卻在這時低低的從身後傳了過來。

「——妳真的不打算幫我嗎，夏憐歌？」

一句話，如寒冰般讓夏憐歌邁開的步伐凝結了起來。

聽到這話的常清瞬間炸了開來，「不是吧？閣下你難道打算讓我帶著這個拖油瓶一起進去嗎？！」

「……雖然這種時候不太合適，不過我還是想說一句，常清你選錯詞了，『拖油瓶』不是這樣子用的。」這時候的夏憐歌顯得異常淡定，她轉過頭來定定的看向蘭薩特，雙眸漆黑的如同崖間的玄武岩。「閣下你為什麼想要我幫忙呢？正如常清所說，我搞不好會扯後腿。」

「因為我信任妳，夏憐歌。」蘭薩特回望她。

信任……嗎？

這樣子的回答彷彿一個無法抗拒的魔法咒語，在夏憐歌心裡燃起了一簇小小的火焰，溫暖的、令人欣喜的。

這一剎那，她又想起了自己眉眼溫柔的兄長，她潛意識裡一直覺得，他的杳無音訊或許與學院裡的黑騎士聯盟有關，而三年前的「幻想具現」事件，同樣是黑騎士聯盟在搞鬼，若是能在這上面找出一點端倪來，也許哥哥的失蹤會有點眉目。

這樣想著，她堅定的點了點頭，「我幫你，蘭薩特閣下。」

「……你們兩個還真的是完全不聽人話的啊？」

一直被人當布景的常清撓了撓頭髮，一副「麻煩死了」的樣子，猛地站起身來。

「先說好，我可不一定能夠找到你想要的東西。如果那段記憶『逃走』了，或者『被殺死』了，那我就幫不了你了。」

逃走？被殺死？

夏憐歌有些不解的歪了歪頭看他，對方又是一臉無聊的打了個呵欠。說起來，好像除了十秋以外，這傢伙對誰都是一副目中無人的態度。

不過蘭薩特似乎並不在意，只是輕聲應了一句：「嗯。」

聽罷，常清微微的俯下身子，將手掌伸到蘭薩特額上一掩，「那麼得罪了，閣下。」

那一剎那，金髮少年原本清明的眼眸忽然漸漸變得空洞，他緩慢的蓋上眼瞼，身體如同斷線的人偶般頹軟了下去。

夏憐歌嚇了一跳，正想衝過去察看究竟發生了什麼事時，卻被常清一手擋住步伐。

「要進入別人的記憶，最好的時刻就是在他毫無防備的時候。」脾氣暴躁的常清皺眉瞧了她一眼。「比如睡眠狀態。」

被他那溢滿殺氣的眼神一盯，夏憐歌有些怯怯的往後退了幾步，過了幾秒，卻還是忍不住伸長了腦袋，去看蘭薩特那難得一見的睡顏。

說起來，她似乎從來沒有看過這傢伙睡覺的模樣。在夏憐歌所能記住的、與蘭薩特在一起的所有畫面裡，即使是被一大堆文件折磨得搖搖欲墜，蘭薩特也從不曾在她面前闔上雙眼，好好的睡上一覺。也不知是他不想在別人面前卸下武裝，抑或僅僅是不想失態於人前。

想到這裡，夏憐歌心裡竟然湧起了一股隱隱約約的失落感。

「別再浪費時間了！」見她這副磨磨蹭蹭的樣子，常清一臉不耐煩的將長滿了粗繭的手甩到她面前。「抓緊，我們快走吧。」

◇◇◇

夏憐歌完全不記得自己究竟是透過什麼方法進入蘭薩特的「記憶」裡。

一開始，她只覺得自己好像變成了可以四處飛濺的雨珠，正在緩慢的、輕盈的滲入到一大團柔軟的棉絮之中，有七彩斑斕的光線在瞳孔裡漾開了細細的漣漪。

而後她感覺自己逐漸延伸出了軀幹和手腳，眼前朦朦朧朧的白霧凝聚出人影，他們在歡笑與哭泣、在行走與休息。視野被越拉越廣，這些景象便如同加快了播放速度的幻燈片般，在面前飛速掠過。

那一瞬間，她甚至以為自己就是蘭薩特。

這種異樣的錯覺，一直持續到她在那些鏡頭中看見自己的身影。霎時夏憐歌彷彿從高聳入雲的尖塔上墮了下來，令人暈眩的失重感讓她一下子睜開了眼睛。

她現在正狼狽的跌坐在一條長廊的盡頭。

那是一條不知通往何處的走廊，像是博物館裡的陳列室，只不過兩旁擺放的盡是些奇形怪狀的留聲機。

夏憐歌蹙了蹙眉，她發現自己視線所能碰觸到的一切全是灰白色的，牆壁上雖然一路都有蒼蘭造型的燈飾，卻也無法將這些死氣沉沉的色彩驅逐開去。

就好像他們現在正處於一個靜止的時空裡一樣。

——他們？

啊啊，對了，還有常清。常──

這樣想著的時候，夏憐歌有點手足無措的扭過頭去，卻不料看見平常總是一副好戰小獵犬模樣的少年，此時正頹然的坐靠在角落裡，微微下垂的眼神是空洞的，好似他現在不過是一具沒有靈魂的軀殼。

「喂……喂！不是吧！常清！」

剛剛才回過神來的夏憐歌差點又把魂魄嚇飛了，慌慌張張的挪動過去，將手指探到常清鼻下。掃過指尖的溫熱氣息讓她稍稍鬆了口氣。

還……還活著。

可是為什麼會變成這樣？

夏憐歌遲疑的搖了搖常清的肩膀。常清挨著牆的身體頃刻軟綿綿的癱了下去，那毫無生機的眼眸，看得她剛剛才放下去的心瞬間又被吊了起來。顧不得其他，夏憐歌一邊張皇的推搡著常清，一邊叫魂似的叨唸：「常清！常清！別嚇我啊！常清！」

可是無論她怎麼喊，對方也沒有半點反應。過了好一會兒——對夏憐歌來說，這一段靜待的時間簡直就像是放長假前的最後一天那般難熬——常清那渙散開來的瞳孔才開始慢慢恢復神采。

他先是困惑的看了眼夏憐歌，表情又純真又迷惘。兩秒之後夏憐歌感覺眼前一閃，好似自己所處的世界突然跳了一幀，再看向常清時，對方已經換上平時那種充滿了戾氣的面孔。

「吵死了，妳瞎嚷嚷什麼啊！」

被他莫名其妙的變臉嚇得身體一僵，夏憐歌連說話都變得結結巴巴起來：「可、可是你剛才……」

「例行的險些因公殉職而已。」常清煩躁的用手敲了敲腦袋，然後站起身來拍了拍制服上的灰塵。「沒什麼好擔心的。」

……喂，「因公殉職」已經不僅僅是「而已」了好嗎！

頓了半晌，常清又嫌惡的接下去小聲嘀咕：「媽的！所以我才討厭幹這種差事。」

夏憐歌有些僵硬的扯了扯嘴角：「有這麼危險嗎……不就是潛入他人的記憶？」

「難不成妳以為現在是在觀光嗎？」

……對不起我真的是這麼以為的。

夏憐歌默默的扭過頭去。

常清對她那不屑的反應感到異常不滿，於是難得擺出一副嚴肅正直的老師面孔，朝夏憐歌豎起了食指，「嘖嘖，這妳就不懂了，人的記憶……」

不過那樣子在夏憐歌看來，更像是把人堵往牆角收保護費的小流氓，被他這樣盯著的夏憐歌驚得差點連頭髮都炸了起來。

面前頭腦不好的少年嘰嘰呱呱了幾句之後，就看似非常煩惱的使勁撓了撓頭髮。過了好半晌，他終於自暴自棄的喊了一聲：「唔……解釋不清楚啦！我打個比方好了。」

說著，他伸出手在半空劃了個橢圓形，「如果將人的意識與記憶比作雞蛋內部的話，那守護著這片領域的『深層意識』就是蛋殼。而一個人進入到另一個人的記憶中的這種行為，就相當於兩顆雞蛋互相碰撞。可是這樣做的下場無非就是其中一顆雞蛋的『蛋殼』破掉。」

說到這，他無所謂的聳了聳肩，「但這並不是我們想要的結果。所以，擁有這種ESP的能力者的任務，就是在讓兩邊的『蛋殼』都完好無缺的情況下，使兩個『雞蛋』處於『相交』狀態。」

常清頓了一下，似乎連他都被自己的說法繞糊塗了。

幾秒過後，他才慢悠悠的問道：「……懂了嗎？」

「……唔，稍微有點懂。」其實夏憐歌想說她根本一點都聽不懂。「說起來，『蛋殼』破掉會有什麼後果嗎？幹嘛還得為了保護它而兜這麼一大圈子？」

聽到這句話的常清，像突然想起了什麼令人不快的事情般皺起眉來看她，表情的凶狠程度驀地又加深了一層。「妳不是都已經看到我剛才那種狀態了嗎？」

「剛才……的？」經他這麼一提，夏憐歌才想起剛剛常清那一副意識脫離的樣子，忍不住睜大了眼睛。「等、等等！你是說，『蛋殼』一破，整個人都會變成那種『空殼』狀態嗎？」

「是啊，雖然還尚存一絲氣息，可是也與死亡無異了。」常清嘲諷的笑笑。「我剛剛可是差點就回不來了，虧妳還覺得這是在扮家家酒啊，大小姐。」

唔……說到底，這並不是常清的分內事，他也是冒著生命危險在幫忙的啊。

原本還一臉優哉游哉的夏憐歌，頓時為自己剛才的輕視感到有些羞愧。

見夏憐歌垂下腦袋、一副低落的模樣，常清還以為夏憐歌是在為她等一下的安危擔心，不由得露出犬牙，哈哈大笑的拍了拍對方的後背，「安啦安啦，現在都已經進入到『雞蛋』裡面了，不出意外的話，應該不會再有什麼危險了。」

夏憐歌差點被一掌擊飛了出去，好不容易才一邊咳著、一邊讓自己穩下來。身邊的常清已經快步的往前踏出幾步，她急急忙忙的像根小尾巴似的跟在他身後。

常清雙手環過腦後，一邊走、一邊碎碎唸：「啊啊，趕緊做完趕緊出去吧，這種鬼地方真讓人不舒服。」

聲音和著啪嗒啪嗒的腳步聲，在這長長的灰白色走廊裡傳了開去，又立刻被反彈回來。迴音像層層疊疊的漣漪般在耳邊來回的響著。但是久了夏憐歌才發現，這吵吵嚷嚷的聲音並不是他們的迴音，而是從兩邊那些奇怪的留聲機裡傳出來的。

「嗡嗡。嗡嗡嗡。」

聲音越變越大，像蝗蟲細細啃食著耳膜那般，是微小而尖銳的轟鳴聲。夏憐歌聽出來了，那是由一大堆人的說話聲組合起來的，就像是串了無數臺的收音機，雜亂無章的聲音震得她連頭都開始痛了起來。

明明是從機械裡發出的聲響，可是卻清晰得彷彿像在腦海裡響起來的一樣。

「喂，常清……」有些難過的一手捂住了耳朵，夏憐歌一手拉了拉常清的袖子。「怎麼回事？」

「啥？」常清卻像是完全沒有受到影響，轉過頭匪夷所思的盯著她發青的臉色許久，才意識過來她說的是那些「聲音」，於是便露出了然於心的神色。「啊啊，這些是蘭薩特閣下

『保存記憶』的方式，習慣一下就好。」

「保存……形式？」夏憐歌一臉困惑。

「嗯，每個人保存記憶的方式都不相同。有的人將記憶記錄為『電影』，有的人記錄為『書籍』，而有的人把記憶保存在一個又一個的抽屜裡。」常清環視了四周那一堆灰白色的留聲機一眼。「如妳所見，蘭薩特閣下保存記憶的形式是『聲音』。」

聲音……嗎？

夏憐歌稍稍把捂住耳朵的手放開一點，那些聲響似乎也變得不再那麼刺耳。仔細一聽，夏憐歌還能辨認出自己與蘭薩特之間的對話，雖然都是些幼稚又無聊的爭吵，可不知為什麼，在這樣的情景下，竟然也讓她漾出一絲莫名的感動來。

「哎……話說回來，蘭薩特閣下連記憶都打理得井井有條的啊。」常清撫著下巴，又看了看那些留聲機，一副主管巡視的模樣，滿意的點了點頭。「看來他是順著這條走廊『放置』記憶的，這邊放著的是近期的記憶，越往裡走就是越年幼的記憶。這樣要找三年前那個事故也比較簡單，順著這條走廊走下去就行了。」

說到這，他忽而又像想起了什麼般，輕輕的皺起眉梢，「唔，不過不知道那一段記憶還在不在就是了。」

這下子，又讓夏憐歌想起了在進到蘭薩特記憶裡之前常清說過的一句話，身體裡那個可以殺死貓的好奇心當即又開始蠢蠢欲動。她輕手輕腳的蹭了上去，「欸，常清你之前說過的『被殺死』和『逃走』的記憶，又是怎麼一回事？」

「我有說過這個嗎？」對她驟然軟下來的態度感到莫名，常清斜睨了她一眼，在看到對方點得跟小雞啄米一樣的腦袋後，又不由得露出了「真麻煩啊」的表情。

「好啦，最後一次解答妳的問題。」他揉了揉臉，低著頭思索了許久之後才開口：「啊——嗯，要怎麼說好呢？妳看，這個地方其實也很像一間房子對不對？」

常清伸手指了指這條長長的走廊。

「如果將記憶比作存放在這間『房子』裡的『東西』的話，那麼那些我們遺忘了的記憶，就是被我們有意或無意亂扔到不起眼小角落裡的『東西』。」

「但是蘭薩特閣下三年前那段失去的記憶不同，比起隨處亂丟，那段記憶更像是擺在『房子』的正中間，卻被人上了打不開的鎖。」

「——當然，這只是第一種假設，也是最樂觀的假設。第二種假設是這段記憶『被殺死』了，也就是被人用方法抹除掉了。如果是這樣的話，那就再也無法找回這段記憶了。」

講到這，常清頓了一下，居然難得的嘆出一口氣來。「還有第三種……比較麻煩的假設——這段記憶『逃走』了。」

「所以說啦，『逃走』究竟是什麼意思？」

「字面意思，記憶從這間『房子』裡逃出去了。」

「常清你在跟我開玩笑嗎？」

「妳覺得我會閒得講這麼一大段話跟妳開玩笑嗎？」

我覺得你會。

夏憐歌又默默的扭過臉去。

見她這副樣子，常清非常生氣，連帶聲音都升高了八度：「因為解釋起來超麻煩的啊！」

下一秒，為了證明自己不是在開玩笑，他又開始像隻猴子一樣抓耳撓腮，可是到最後他還是只能垮下一張臉。「所以逃出去就是逃出去啊！妳讓我怎麼解釋！就是跑到外面去了啊！」

「……好吧。」夏憐歌動了動唇角，繼續維持著面無表情的臉。「那麼逃出去的記憶會變成怎樣？」

常清撇撇嘴，「會變成本體的幽靈。」

「常清你看你又在開我玩笑。」

這回常清卻像是陷入艱難的思考中，也沒有理會夏憐歌的諷刺。「唔……嚴格來說，是與本體有著相同的形態、介於靈體與意識之間的……非常脆弱的東西，當然它並不會察覺到自己只是一段記憶，而是會以為自己就是『本體』。只不過它所擁有的，也僅僅是這一段本體失去的記憶罷了。」

被他這麼一說，感覺又好像是那麼一回事了，夏憐歌點點頭，隨口敷衍的問了句：「喔喔～這樣啊，那變成『幽靈』的記憶還能再回到本體裡來嗎？」

「這個我不太清楚，目前還沒有看到這種前例。」常清還保持著那副沉思者的模樣，可是下一秒鐘又猛地抬起頭來，眼神一凶，朝夏憐歌瞪了過去。「妳他媽怎麼這麼煩啊？！」

夏憐歌立刻領悟了這句話的潛臺詞是「再問我揍妳」。

於是她目光一飄，打著哈哈就往前走去：「嗯嗯，趕緊做完趕緊出去吧，這種鬼地方真讓人不舒服。」末了還不忘回過頭朝常清眨眨眼，「你說對吧，常清？」

見他黑著一張臉，用拳頭「啪」的一聲在牆上砸出一處凹陷，夏憐歌終於識相的閉了嘴，邁步就走，但過了一會兒又覺得不對勁，便停下步伐，等常清超過了自己再跌跌撞撞的跟在他身後。

兩個人一安靜下來，就感覺那些從留聲機裡傳出的聲音愈加清晰了。兩旁灰白色的復古牆壁如播放的電影膠卷般不斷往後退去，可前方還是黑洞洞的一片，好似他們從剛剛開始就一直在原地踏步。

夏憐歌也不知道他們現在走到蘭薩特記憶的哪個階段了。她豎起了耳朵，仔仔細細的聽，可是再也沒從那些留聲機裡聽出自己的聲音來，只覺得蘭薩特的聲音好像變得稍微稚嫩了點。

感覺還挺新鮮的。

似乎已經完全忘了自己來這裡的目的，夏憐歌一臉興奮的這裡聽聽、那裡聽聽的，也不再滿足於僅僅辨認出這些聲音的主人，甚至都開始認真的聽起他們的對話了。

「妳這樣真像個偷窺狂。」常清鄙夷的瞥了她一眼。

「錯，這是在『聽』，不是『窺』哦。」夏憐歌將耳朵靠近一臺留聲機，豎起食指在常清面前搖了搖。「而且我可是光明正大的在聽，才沒有偷偷摸摸呢。」

常清一臉「我不認識妳」的表情掉頭就走，可是還沒踏出幾步，卻聽見身後的夏憐歌「嗯？」了一聲。

「幹嘛，妳便秘啊？」常清有些煩躁的轉過頭來。所以他就是討厭跟人（特別還是這種扯後腿的）一起行動，換作他自己一人來的話，估計早就完事出去報告了。

夏憐歌還是微微低著頭，把耳朵靠在那臺留聲機旁邊，待常清的身影漸漸籠罩過來時，她才直起身子來，困惑的看向他，「這臺機器……沒有聲音。」

「沒聲音？」常清先是狐疑的看了看灰白色的留聲機，隨後立即雙眼一亮。「難不成這就是三年前蘭薩特閣下遺失的那段記憶？」

「不是吧？這麼容易就找到了？」立在旁邊的夏憐歌忍不住發出了感慨，內心竟然湧出了一陣隱隱約約的不捨。

明明還想知道更多跟蘭薩特有關的事情的……唔，雖然這樣子有點不道德就是啦。

「哈！真是容易得出乎意——」常清興奮的露出了尖尖的小犬牙，抬起右手就要朝那臺留聲機伸過去。

然而，他尾音還沒落下，就見那臺留聲機後面倏地竄出了數條碧綠的荊棘，它們揚著身上鋒利的尖刺與常清對峙，緊接著便如一群亂舞的綠蛇般，屈下枝幹，將那臺留聲機縛得嚴嚴實實。

「……料。」常清硬是把最後一個字擠了出來，右手僵在半空，惡狠狠的皺起了眉頭，推測道：「這是什麼？那些傢伙封印這段記憶的手段？」

「那些傢伙」指的應該是奪去蘭薩特這部分記憶的人。

那一叢綠得惹眼的荊棘繞著留聲機盤旋而上，儼然就是一群守衛領地的高潔騎士。

常清冷笑一聲，伸出的右手反手一彈，瞬即從袖子裡抽出一把折疊小刀。銳利的刀片像是夜裡野狼發光的眼睛。他也不說話，握著小刀的手指往前一突，眼看就要往那叢荊棘用力劃下去——

卻不知道為什麼，在刀鋒觸到布滿尖刺的枝幹的那一瞬間，他的動作停住了。

正等著他下一步舉動的夏憐歌，一臉茫然的看向他，「常清？」

「別動。」

聲音是從他們倆身後傳來的。

「從我的領域裡滾出去。」

而且熟悉得差點讓夏憐歌放聲尖叫起來。

常清還維持著那個動作，目光被掩在細碎的瀏海之下。他有些無聊的用食指拭了拭粗糙的刀柄，忽而嘲諷的咧開嘴，笑出了聲：「你這是什麼意思啊，蘭薩特閣下？」

02

槍襲・潛意識・封鎖的秘密

夏憐歌的腦海裡靈光一閃，突然想起了那個纏滿荊棘的留聲機。「難道蘭薩特其實並不想讓我們找回那段記憶？」

常清難得自嘲，無力的聳了聳肩。「或許是自我保護的一種方式吧。」

聽到這話的夏憐歌，不自覺的皺了下眉頭。蘭薩特到底碰到什麼事情呢？為什麼反而會認為隱藏敵人的秘密是一種「自我保護」？

The Sealed Secret.

夏憐歌回過頭的時候，發現最不應該出現的人，此時正一臉冰冷的站在那裡，綠如翡翠的雙眸彷彿結上了一層化不開的堅冰，看不出任何感情。

她張了張嘴，卻發現喉嚨不知為何乾啞得可怕，好不容易才發出一個模糊的音節時，蘭薩特卻先她一步開了口：「沒什麼意思，只是發現有人想要動我的東西，感到非常惱火而已。」

連語氣都平淡得不可思議。

常清仰起頭哈哈大笑了起來：「惱火？這可是你拜託我的啊！」

「我不記得我有過這樣子的請求。」

「啊啊，沒想到會被這樣子擺了一道。」常清聳了聳肩，將手上的小刀扔了開去，舉起雙手一副認輸的模樣。「好吧好吧，那請你把堵在我腰間的東西先拿開行嗎？」

蘭薩特頓了一下，微微的把身子一側。夏憐歌這才發現，他手裡拿著的居然是一把六發左輪手槍！

這到底是怎麼一回事啊！

解除了威脅的常清轉過身來，一邊懶散的伸手扳了扳自己的肩膀，一邊隨意瞥向蘭薩特，看似抱怨的嘀咕道：「所以都說了，我一開始就不應該接下這個任務——」

話音剛落，他立刻像隻矯健的獵豹般高高躍起，一個肘擊就往蘭薩特的脖子抵過去，用力的將還沒反應過來的他壓制在地板上，順勢將他手上的手槍摔開幾百公尺遠去。

常清的雙眼頃刻如覓到食物的野獸般亮了起來，「——哈！才怪，我第一次碰到這種狀態，有接下這個任務我真是慶幸極了——」

「等等！笨蛋常清你幹什麼啊！」

見狀，夏憐歌急忙跑上去扳動常清的臂膀。可是下一瞬間她才發覺到不對勁，因為被常清這個怪物鉗制住脖子的蘭薩特，此時卻絲毫沒有露出痛苦的表情，綠盈盈的眸子裡依舊是冷冰冰的。

常清這時才察覺到事態不妙，正想從蘭薩特身上彈起來，卻發現自己制住對方脖子的手被抓住了。而且這看似沒什麼力道的一抓，竟讓他無法在第一時間抽出身來。

還沒來得及詫異，他就聽見身下突然傳來「砰」的一聲悶響，仍然拉著常清手臂的夏憐歌也跟著一起愣住了。

槍聲。

面無表情的蘭薩特抓著常清的手一動，立刻將他從自己身上甩了開去。骨骼碰觸到地面發出的聲響，讓愣然中的夏憐歌一下子驚醒過來，幾乎是條件反射的就跑到常清身邊，可是看著他蜷成一團的模樣，又不知道該怎麼辦好。

「常、常清，你沒……」

話還沒說完，就見捂著腹部的常清皺著一張臉，硬是撐起半個身子。夏憐歌焦灼的想去查看他的傷勢，卻見他中彈的地方竟沒有流出血來，只是燒焦的彈孔四周浮著一圈明明滅滅的紅光，似乎正在慢慢的往四肢百骸侵燃過去。

再抬起頭時，蘭薩特已經站在了他們面前，抬手優雅的拍了拍身上的塵土，俯視著他們的眼神，輕蔑得彷彿看到了什麼卑賤的東西一般。

夏憐歌被他冰冷的目光注視得心裡一冷。

這人……不是她所認識的那個蘭薩特。

常清咳嗽了幾聲，像是要把體內的疼痛也一併咳出來一般，額上滲出了細細密密的冷汗，可卻還是止不住張狂的笑意：「這可是犯規啊，蘭薩特閣下，我討厭使用熱兵器打架。」

「可是我樂意。」蘭薩特的語氣不起波瀾，將不知何時出現在手上的迷你手槍往常清腦門一指，屈下食指扣下了扳機——

「啊！」他突然歪過了頭。「我忘了，這種型號只有一發子彈。」

說著，蘭薩特一把將那把手槍往身後拋去，又抬起手臂，隨手在虛空中一握，掌心之上竟然漸漸浮現出一把衝鋒槍！

「我再說一次。」他單手就將那笨重的槍械接了下來，看起來也毫不費事。「從我的領域裡滾出去。」

這到底是怎麼回事啊？！

夏憐歌已經徹底搞不明白了，蘭薩特的「記憶」裡為什麼會出現這樣的怪物？他為什麼要襲擊他們？而他一直在強調的「領域」，究竟又是什麼？！

身邊的常清低低的笑了笑，用輕得幾乎聽不見的聲音對夏憐歌說了一句：「逃吧，我打不贏他。」

蛤？！這傢伙居然這麼容易就認輸了？！

夏憐歌瞪大了眼睛望向他，可是還沒來得及將自己的詫異表現出來，腳邊就「突突突」的釘入了幾顆冒著火花的子彈，力道震得她的小腿瞬間都麻掉了。

見狀，常清雙瞳一凜，伸手將夏憐歌往懷裡一夾，費勁全力的往牆邊躍了過去。果不其然，下一秒他們剛才所在的地方立即被擊出了幾個冒著黑煙的彈孔。

「不要讓我再說第三次。」蘭薩特側了下身子，將黑洞洞的槍口對準他們。

夏憐歌有些擔心的看著身旁喘著粗氣的常清，他現在的狀況根本好不到哪去，整個人幾乎是靠著牆壁才勉強站起來的，也不知道那個沒有出血的傷口對他的影響究竟有多大。如果只有他一個人還好，可現在他還要顧及到她，再這樣下去，被對面的蘭薩特打倒也是遲早的事。

見他們一言不發的模樣，金髮少年聳了聳肩，又稍稍的歪過了頭，「好吧，我也不會讓你們有聽到第三次的機會。」

——他又一次扣下了扳機。

常清惡狠狠的啐了一聲，腦袋往旁邊一歪，閃著寒光的子彈正好從他的耳畔擦過。緊接著他像扛麻袋一樣，將夏憐歌往自己肩上一拋，惹得她一陣高分貝的尖叫。

「等等！常清你幹什麼！裙子！裙子飄起來了啦！」

「媽的！我才不會去在意妳的內褲是粉紅色還是天藍色，再吵我就拿妳當肉盾！」話一說完，他立刻像陣風一樣轉身往來時的路衝了過去。

震天價響的子彈聲恰好在下一秒如密密麻麻的雨點般砸了下來，夏憐歌感覺耳膜都快要被炸破了，眼前只有不斷快速前移的兩邊牆壁和閃爍的火光。

左閃右躲的常清，晃得她久違的暈船感一下子湧了上來，可是好幾次擦著自己臉頰而過的子彈，又瞬間激得她精神一振。

夏憐歌這時終於冒出了點後悔莫及的心理，早就知道跟蘭薩特扯上關係肯定沒什麼好事，自己為什麼要這麼熱心答應他的請求呢……

不知道過了多久，耳邊轟轟的子彈聲開始漸漸被留聲機裡傳出的雜音蓋了過去。夏憐歌反應過來時，眼前又是黑忽忽的一片，眼神冰冷的蘭薩特和那一片伴隨著硫磺味的火花已經消失不見了。

可常清還在跑，也不知是他不清楚身後的狀態還是僅僅是慣性使然，夏憐歌正想提醒他，卻見他腳下一個踉蹌，整個人就這樣狠狠的朝地上摔了過去，連帶肩上的夏憐歌也一起被拋出了幾百公尺遠。

「嗚哇！痛痛痛痛──」這下子要屁股開花啦，好在不是臉朝地的摔下來。夏憐歌屈起雙腿摸了摸火辣辣的臀部，一張臉扭得像陳年的醬菜。

「所以說我們為什麼要經歷這種讓人誤會是在拍警匪片的槍戰啦……又不是西部牛仔。」

她抹了抹因疼痛而溢出眼角的淚水，直起身子去看常清，卻發現對方就那樣趴在地上，一動也不動，就連起伏的氣息都似乎緩緩的淡了下去。

同一個人在同一天裡，於她面前瀕死了兩次。

哈哈哈，如果要算一下她這輩子叫了多少次常清的名字，那今天喊的次數加起來一定會超過總數的百分之八十。

夏憐歌已經快語無倫次了，她蹲在常清旁邊，都不敢用力碰他，只能像撫摸小兔子一樣，輕輕的摸了摸他的手臂。

「常清?醒醒，常清?」

過了好一會兒，久到夏憐歌的心差點都涼了，他才有氣無力的回了一句：「醒著。」

可是你看起來明明一副就要昏死過去的模樣啊！

接著，常清又慢悠悠的開口：「沒力氣了，別碰我。我想休息。」

「不要睡！睡著會死掉的啊！」

「閉嘴。」

夏憐歌差點就要哭出來了，空著一雙手也不知道要怎麼辦才好。「你……你的傷口還很疼嗎?我馬上幫你止血——」

說著，她從口袋裡摸出手帕，卻想起常清那個奇怪的傷口根本就沒有流血。

完全沒有醫學知識的夏憐歌更加慌張了，揪著手帕看了看常清那張毫無血色的臉，一咬牙，就拿著手帕胡亂往他的腰上按了過去。「我、我還是稍微幫你包紮一下吧！」

結果常清像被人捅了一刀般「嗷」的一聲彈了起來。

「我說大小姐，妳就算要幫忙包紮，我的傷也是在前面啊！妳按我後腰幹什麼？妳他媽真的不是在玩我嗎？」因為牽扯到傷口，常清疼得整張臉都皺了起來，頓了好一會兒，才捂著傷口緩緩的挪往牆邊。

夏憐歌正要上前幫他，結果卻被對方條件反射的擋了下來。

終於意識到自己老是在幫倒忙，夏憐歌有些不知所措的捏了捏手帕，「對、對不起，要不是我扯後腿，你也不會……」

說著，她又突然想起剛才蘭薩特那雙無機的冰冷雙眼，忍不住微微垂下腦袋，不自覺的低聲喃喃：「……連你都打不贏的話，那傢伙究竟有多強啊？」

「更正一下。」一聽到這句話，剛剛在夏憐歌那不人道的一按之下流失了一半力氣的常清，硬是強迫自己睜開了雙眼，可發出的聲音仍舊是輕飄飄軟綿綿的。「不是我打不贏『它』，是我沒辦法在保證不傷害到對方的情況下打贏『它』。」

「為什麼不能傷害他啊？」夏憐歌不解。「那傢伙又不是蘭薩特，你也看到他的手段有多凶殘……」

「錯了，雖然不是本體，但『它』的確是蘭薩特閣下。」

「──啥？」

「它是『蛋殼』。」

「什──什麼？」

夏憐歌一下子呆住了，等反應過來「蛋殼」意味著什麼時，她一臉不敢置信的喊了出來：「不、不是吧？！你剛才不是說我們已經進入到蘭薩特的記憶裡來了嗎？那不就等於是在『雞蛋』裡面了？為什麼還會出現『蛋殼』啊？！」

「鬼知道。」常清輕輕的呼出了一口氣，嘴唇開始逐漸變得青紫。「它不想讓我們看到那段記憶，為此將侵入它領域的所有人射殺也不足為惜。」

欸？

霎時，夏憐歌的腦海裡靈光一閃，突然想起了那個纏滿荊棘的留聲機。「是蘭薩特三年前丟失的那段記憶？！」

這樣說來，離那個留聲機遠了之後，它也沒再追過來了。

但是夏憐歌更加想不通了，「為什麼？難道這是之前黑騎士聯盟在『鎖』上蘭薩特的記憶時，順便設下的陷阱嗎？」

常清緩緩的搖了搖頭，好像僅僅如此也耗去了他剩餘的大半力氣。「那堆荊棘或許就是他們設下的陷阱，但它，是不可能被外人所創造的。」

──『它』即『深層意識』，那是真真切切的、深埋在本人心底的、或許連他自己也沒有發現的想法。

「等等，你的意思是……」夏憐歌不可思議的瞪大了眼睛。「蘭薩特其實並不想讓我們找回那段記憶？可是這樣子的話，他為什麼要拜託我們做這種事啊？！」

該不會真的是為了耍他們？

「……所以我不是說過了嗎？」常清似乎已經有點不耐煩了。「這種想法可能連他自己都沒有意識到。雖然蘭薩特閣下一直認為自己很想把這一段失去的記憶尋回來，可潛意識裡或許更加慶幸黑騎士聯盟幫他抹去了那段回憶，他寧願這些東西就這樣永永遠遠的埋藏下去，再無重見天日之時。」

夏憐歌有些愕然，「但他到底是為什麼會這樣……」

「喂……妳是不是把我的腦袋想得太好使了一點啊？」常清難得自嘲，無力的聳了聳肩。「或許是『自我保護』的一種方式吧。」

聽到這話的夏憐歌，不自覺的皺了下眉頭。

蘭薩特曾經說過，黑騎士聯盟是他的敵人，而他當時也必定撞見了他們一些不可告人的事情，才會被抹消記憶。可是蘭薩特到底碰到了什麼事情呢……為什麼反而會認為隱藏敵人的秘密是一種「自我保護」？

不……一定有什麼地方不對勁。

三年前的那段記憶肯定是非常重要的，這關乎到那場「幻想具現」事件背後的真相，關乎到黑騎士聯盟那躲在黑暗深處的陰謀，搞不好還和哥哥的失蹤扯上關係。一直想找出黑騎士聯盟目的的蘭薩特，肯定也想尋回這份記憶，這絕對不會是什麼「自我保護」！

一定是常清搞錯了！

「啊啊，這次的任務就這樣失敗了啊……」常清抬頭望了望眼前灰沉沉的走廊，吃力的撐著牆壁站了起來。「我們還是快點回去吧，要是剛才那傢伙……」

「不行……我們好不容易來到這裡，怎麼可以就這樣兩手空空的回去！」夏憐歌越想越激動，越想越覺得那段記憶內含蹊蹺，要是能夠找回那段記憶，或許就能離失蹤的招夜哥哥更近一步了——

「喂，妳該不會想……」

「常清你在這等我，我馬上回來！」

話音剛落，夏憐歌轉身，頭也不回的朝黑漆漆的走廊奔去，彷彿前方那一片深不見底的黑暗，是即將讓她虔誠跪拜的信仰之地。

「混蛋！不要再給我惹麻煩了！」

常清咒罵了一聲，正想上前將她追回來，卻因體力透支而眼前一黑，整個人往地上摔了下去。

◇◇◇

夏憐歌氣喘吁吁的跑回「案發地點」時，那裡已經恢復了原來的模樣。

沒有密密麻麻的彈孔，也沒有面容冷峻的蘭薩特，眼前依然是那片如同時光靜止般、沉重得讓人喘不過氣來的灰白色。

只有那叢綠得妖嬈的荊棘，仍舊纏繞在那臺不發聲的留聲機之上，如同一個忠貞不渝的守護者。

夏憐歌也顧不得其他，整個人就像著了魔一般，衝上去就直接空手去扯那堆荊棘，任手掌被鋒利的尖刺扎得滿是鮮血也毫不在乎。

她現在腦海裡只有一個念頭——這段被封存起來的記憶裡，搞不好有哥哥的線索。

她已經等了太久了，思念都差點被這無盡的時光磨平，所以即使是多麼微不足道的線索也沒關係，只要跟招夜哥哥有關，她就一定要找出來！

但是這阻礙了她的荊棘卻堅固得如此可恨，任憑她的手扯得再用力，任憑她的血流得再洶湧，它還是緊緊的纏繞在留聲機之上，甚至連一絲空隙都沒有留給她。

夏憐歌咬了咬牙，收回血淋淋的雙手，將渾身上下的口袋翻了個遍，卻除了一枝鋼筆之外，什麼都沒有。

可惡啊，早知道就跟常清一樣隨身帶幾把小刀才對……

她恨恨的想，隨手就拿著筆往荊棘上戳了過去。

這時，身後忽然傳來一把冷冰冰的聲音：「妳浪費了我給你們逃走的機會。」

緊接著，一個沉重的硬物堵上了她的後腦勺。

夏憐歌停住了動作，耳側傳來了清脆的「喀嚓」聲——

「好意被踐踏讓我有點傷心，所以這次我不會再放過你們。」

明明是和蘭薩特一模一樣的聲線，然而因為失去了喜怒哀樂，聽起來好像變成了另外一個人。

在她看來，這傢伙也的的確確是「另外一個人」。

「——好了，我數一二三之後，妳馬上就能見到天堂。」

「為什麼……」夏憐歌感覺自己的聲音有些顫抖，卻不是因為害怕。她握緊雙拳，猛地轉過頭來，黑洞洞的槍口就抵在她眼前。夏憐歌也不在意，抬眼憤怒的望向面前的蘭薩特。

「哎呀。」對方故意裝出驚訝的語氣，可聲音和表情還是一樣的平靜。「妳別轉過來比較好喔，要不然——」

「蘭薩特你明明也很想知道這段記憶裡究竟藏了些什麼吧？」夏憐歌打斷他的話，聲音越來越大聲。「你明明也很想知道的！為什麼要阻止我？我這是在幫你啊！」

「蘭薩特」不說話了，他靜靜的看著她，毫無起伏的眼睛綠盈盈的，彷彿潛藏在黑夜裡的狩獵者，最難以被人察覺到，卻也是最危險的。

然後他咧開嘴笑了。

這是進入這裡的夏憐歌看到他露出的第一個表情，就如同是天生的王者在嘲笑世間上最為低等的生物一般。

「我不想知道。」他說著，一手按住了自己的胸口，「我的『這裡』告訴我，我不想知道。所以我只不過是在執行『這裡』下達的命令罷了。」

沉甸甸的手槍又往她逼近了一點，好像下一秒就要直接刺進她的腦袋。

「聽清楚了嗎？妳這個妄圖定義我真正想法的侵略者！」

「你……！」

夏憐歌死死的咬住了下唇，彷彿用盡全身力氣般的瞪了他一眼，倏地又轉過身去，用鋼筆使勁的劃著那堆堅韌的荊棘。

「不反駁了嗎？那好，我就開始數妳生命裡最後的三秒鐘了喔。一——」

差了一點了，只差一點了。夏憐歌焦灼的看著那堆似乎已經開始鬆動的荊棘，連手心裡的疼痛都感受不到了。

「二——」

鋼筆劃動的速度越來越快，好了，真相馬上就——

「三。」

「砰！」

震耳欲聾的槍聲炸開來的時候，她只覺得腦海裡一片空白，連手上的動作都不自覺的停住了。

接著，她聽到了有什麼重物落地的聲音。滿頭冷汗的她微微側過腦袋一看，在離自己不出幾公分的牆壁上，鑲著一顆正在冒煙的子彈。

身後的蘭薩特似乎非常無趣的「啊」了一聲：「你怎麼還沒死呀？」

「哈……沒能讓你一槍打死我還真是不好意思啊。」常清惡狠狠的啐了一聲，又不耐煩的拎住了夏憐歌的後領。「妳他媽鬧夠了沒有？」

「常……常清？！」夏憐歌錯愕的回過頭去，對方的臉色比起之前更加糟糕了，整張臉白得就跟紙一樣。「還、還有一點，我馬上就要……」

「別搞了快點走啊，再遲一點我都不能保證有力氣回去。」常清真想一個手刀把她劈暈，可是現在這種狀態，他也沒力氣凶起來了。

「真煩人吶，你剛才把我的武器踢掉了。」蘭薩特邊說邊抬起手，銀灰色的機關槍在掌心上方漸漸成型。「害得我又仁慈的讓你們的生命延長了幾秒鐘。」

「夏憐歌！」常清這下直接掐住了夏憐歌的後頸。

「還差一點……一點……」夏憐歌拚命的用鋼筆劃動著那堆荊棘，也不知道背後的常清在做什麼，只感覺在子彈襲來的前一刻，她的脖子一熱，意識好像一下子被人拉開了去。

她開始緩慢的浸入一片乳白色的霧海裡，眼前的一切開始逐漸的遠去了。

那臺繞著荊棘的留聲機也快要遠去了。

不……不行！

夏憐歌硬是撐著不讓沉重的眼皮閉上，握著鋼筆的手還在不停的上下劃動著，好像那僅僅只是她無意識的動作。

身後似乎隱隱約約傳來了常清惱火的叫嚷，可又似乎沒有。到了最後，她差點都忘了自己究竟在幹什麼，思緒彷彿被水流沖刷過一般，變成一個空蕩蕩的碗。

就在這時，眼前那叢淡成奶綠色的荊棘突然「啪嗒」一聲斷了，被束縛其中的留聲機驟然發出了有如壞掉機器般轟隆隆的聲響，震得將要睡去的夏憐歌渾身一個激靈。

她聽到了一個聲音，清晰得好像那人此時就站在她的身前。

那是一個小孩子的聲音，清冷的、平淡的、似曾相識的——可是她一瞬間又想不起來到底在哪裡聽過。

「抱歉，我並不認識你。」

接下來是蘭薩特的聲音，比現在的要稍微稚嫩一點、帶著無盡困惑與焦灼的聲音：「你怎麼可能不認識我？你明明、明明就是——」

刺耳尖銳的惱人雜音突然在那一瞬間湧了過來。夏憐歌的視野一跳，整個人徹底的沉入一片海洋裡。

腦袋越發的重，身子卻越發的輕。她的四肢像融化的冰雪一樣碎掉了，散成霧濛濛的水珠，落入浮動的棉花裡，頃刻又被擰了出來，隨著濕潤的空氣四處飄蕩。

她什麼都看不見，什麼都聽不著了。

她就這樣睡了過去。

◇　◇　◇

夏憐歌睜開了眼睛。

房間裡安靜得只有指針走動時發出的滴答滴答聲。夏憐歌只覺得腦袋被那明亮的燈光晃得昏沉沉的，似乎每一秒的間隔都被拉得無比漫長。

她就這樣維持著趴姿愣了好一會兒，直到掌心傳來的劇痛令她小小驚呼了一聲，才猛地坐起身來望向自己的雙手。

原本以為自己的雙手已經血肉模糊了，可她定睛一瞧，攤在眼前的掌心卻是潔白如昔，連一絲傷痕都沒有。

看來那陣疼痛僅僅只停留在「感覺」，並沒有於肉體上呈現出來。

而這時，剛才在蘭薩特「記憶」裡發生的事，也隨著這遲鈍的痛感一下子明朗起來了。

對了！那臺布滿了荊棘的留聲機！

她記得自己好像除掉了那些礙事的荊棘，而脫離了束縛的留聲機究竟給了她什麼訊息呢？夏憐歌咬著牙，腦子裡彷彿在放電影一般閃過一大堆支離破碎的鏡頭，可是最重要的那一點她卻怎麼也想不起來。

是的，在最後的最後，她從那臺留聲機裡聽到了蘭薩特和另外一個人之間的對話。

蘭薩特用好像要哭出來的聲音質問著：你怎麼會不認識我？你明明就是——

記憶到這裡就被切斷了！

夏憐歌死都記不起來蘭薩特口中說的那個人是誰，混亂不堪的腦袋裡只剩下一片沙沙作響的雜音。

如此難受的感覺令夏憐歌感到特別惱火，她惡狠狠的罵了一聲混蛋，握緊雙拳重重的往柔軟的床墊搥了下去。

這動靜惹得睡在床上的蘭薩特發出了不滿的嚶嚀。

夏憐歌的思緒這才被拉回現實來，她滯了一下，抬頭環視了房間一眼。牆上的時鐘還在滴答滴答的響，指針差一點就邁入九點鐘。

仍在睡夢中的蘭薩特一臉不舒服的蹙起雙眉翻了個身。看著他這副安逸模樣的夏憐歌頓時氣得半死，之前在他記憶裡受到的種種對待就先不計較了，明明身在女生的房間裡，他一個男的毫無紳士風度的占用了她唯一的床，居然還能擺出一副嫌棄的樣子，這邊兩個幫他做事的人還只能趴著床沿睡呢！

想到這裡，夏憐歌雙手叉腰，直接一腳踏到床上，往蘭薩特的屁股踹了過去。「起床啦！你這好吃懶做的混蛋！」

「唔……！」被如此粗暴的對待，蘭薩特驚得一下子瞪大了雙眸，兩秒鐘之後，眼皮又開始慢慢的耷拉了回去。

他就這樣兩眼呆滯的望著明晃晃的吊燈好一會兒，這才慢吞吞的坐直了身子，一手抱著枕頭，一手揉了揉痠澀的眼睛。

「……我怎麼又睡著了？」

四周的氣溫似乎隨著他的這句話，瞬間低了下去。

不過夏憐歌可不怕他，一把就將他懷裡的兔子枕頭搶了回來。「不睡著，我們要怎樣進入你的記憶裡？肯借你床睡你這傢伙就該燒香拜佛了，還在這裡給我裝什麼低氣壓！」

被她這麼一吼，蘭薩特的臉色又陰了陰，可他好像也不想多說什麼，沉默了半晌才又問道：「常清呢？」

「常清他——」

夏憐歌這時才想起這號人物來，連帶想起了剛才他在「記憶」裡那一副氣息奄奄的模樣。心裡頓時一陣慌張，她焦急的回過頭來，發現原本活蹦亂跳的常清此時仍舊趴在床沿邊睡著，斂起眉頭一副非常痛苦的模樣，散在額上的瀏海都被冷汗浸得濕透。

「常……清？」夏憐歌低低的叫喚了一聲，想去碰觸對方，但是又怕牽扯到對方的什麼傷口。

見她一臉的小心翼翼，坐在床上的蘭薩特不知為何心裡一陣不爽，撇撇嘴：「怎麼回事？不過近一個鐘頭不見，妳對他的態度怎麼就變了這麼多？」

「要你管啊！」

像扔炸彈一樣喊出這句話的時候，夏憐歌恰好正靠近常清的耳邊。他的身子不易察覺的顫動了一下，維持著原本的姿勢將腦袋埋在臂彎裡許久，然後才捂住肚子，吃力的緩緩坐了起來。

「說實話，我真討厭你們倆。」他按了按額頭，好像還在緩解腹部的疼痛。「盡給人惹出一堆破事。」

「你不要把我跟這個災星相提並論好嗎！」夏憐歌當即跳腳。

「我也不稀罕你的喜歡。」蘭薩特卻是毫不在意的挑挑眉，語氣高傲的連夏憐歌聽了都想揍他一頓。「可以把你在『記憶』裡看到的東西告訴我了嗎？」

「沒什麼好說的。」常清深深的呼出一口氣來。「『記憶』裡的『你』，差點一槍把『我』幹掉了，就這樣。」

說著，他站起身來，也不理正一臉不悅的問他「什麼意思？」的蘭薩特，就搖搖晃晃的往門口走去。

右腳剛踏出門檻的時候，常清微微的側回頭來，說道：「你想知道的東西，被『你』自己掩埋起來了，我沒辦法看到。」

然後他又站在那裡思考了好一陣子，揉揉腦袋，才不耐煩的將話繼續接了下去：「啊，不過夏憐歌最後好像聽到了些什麼，剩下的你問她吧。『你』剛才給我那一槍的痛感還殘留著呢，我得回去好好養一下元氣，麻煩閣下你幫忙幫忙批給我幾天假吧。」

語畢，他「啪」的一聲重重甩上了門。

房間裡一下子又靜下來了。蘭薩特頃刻將凜冽的眼神往夏憐歌那邊移過去，看得她脊椎都有一下、沒一下的冷了起來。

雖然對他的態度感到無比不滿，可夏憐歌想了想，還是將她和常清在「記憶」裡發生的事情一五一十的告訴了蘭薩特，包括她最後從留聲機裡聽到的那一段莫名其妙的對話——

一講到這，夏憐歌又有些惱火的使勁握緊了拳頭。

明明、明明就離真相那麼近了……

蘭薩特卻是越聽越困惑，甚至露出了一臉不敢置信的表情。「妳是說，『我』在『記憶』裡攻擊你們？」

他一邊喃喃的說著，一邊垂下腦袋看著空空如也的雙手。「意思是，『我』不想讓別人，也不想讓自己看到這段記憶嗎？但是我……我為什麼會……」

聲音戛然而止。

蘭薩特忽地抬起頭來，異常認真的盯著夏憐歌，「妳真的想不起來嗎，夏憐歌？妳最後究竟在那臺留聲機裡聽到了哪個名字——」

她也想記起來啊！最後她到底聽到了什……

「你明明、明明就是——」

就是——

尖銳如嘯的雜音在這一瞬間蜂擁而來，好像即將滿溢開來的汙泥，將她的腦袋擠得不留一點空隙。

夏憐歌抱住了開始發疼發脹的腦袋，彷彿無助的小鹿般輕輕抖動著。

看到她這樣子的蘭薩特瞬間被嚇住了，急忙前去抱住對方的肩膀輕聲撫慰：「算了算了，想不起來也別勉強了，夏憐歌。」

耳朵裡嗡嗡作響的雜音這才漸漸的消散了開去，夏憐歌有些脫力的靠在蘭薩特寬闊的胸前，聽他平穩有力的心跳，聽他難得溫柔的聲音——

「今晚就先這樣了，我們睡吧。」

——等等。

她愣了一下。

是不是有什麼地方不對勁？

下一秒，她立刻像隻察覺到危險的兔子般，「砰」的一聲從他懷裡彈了開來，抬起顫巍巍的食指往蘭薩特鼻前指了過去。

「慢著——！『我們睡吧』是什麼意思?!要睡也是我自己睡啊！現在我忙也幫完了，你快給我滾回你自己的房間去！」

蘭薩特一開始還不清楚她這樣的反應是怎麼一回事，但是看到對方紅得跟煮熟的蝦子一樣的臉，也就明白了幾分。於是，他隨即狡黠的瞇了瞇雙眸，聳聳肩，抹出了曖昧無比的微笑：「哎呀，我剛才沒跟妳說嗎？」

說著，他抬起下巴示意了一下床對面的羊皮沙發，一副無賴模樣的張開了口：「我最近就住妳這裡了，省得妳一刻鐘沒見到我就焦急得心亂如麻。」

「誰、誰心亂如麻啊你別亂講！不對——你剛才說啥？！」神經大條的夏憐歌順著他的目光朝沙發上望了過去，這才發現一堆不知何時大剌剌的攤在那邊的行李！

夏憐歌的心臟一下子彷彿被連續擊打了幾百拳，終於忍不住像一隻被踩到尾巴的貓般炸了開來。「這算什麼啊！你自己不是有一座空中樓閣了嗎！幹嘛非得紆、尊、降、貴住我房間啊！」

兩位儲君所居住的別墅建在臨著久原區一側的山壁、由數根巨大的蒼綠色柱子支撐而起的圓臺上，遠遠望去，那優雅別緻的建築彷彿懸掛在半空中。夏憐歌一想到這個就恨得牙癢癢，仇富的情緒宛若春天的野草般，一個勁的往上竄個不停。

這會蘭薩特倒是靜了下來。他別開臉去看窗外星光點點的夜空，目光被化開的月色潤成了輕盈又柔軟的棉絮。

過了好半晌，蘭薩特才看似滿不在乎的說了一句：「我不想看到那傢伙的臉。」

……那傢伙指的估計是十秋。

拜託要找藉口也找好一點的啊！你不是早就知道十秋那傢伙已經回家去了嗎！

夏憐歌的額上頓時青筋暴起，「那我也不想看見你的臉啊混蛋！你們吵架關我什麼事！」

「這就是妳對待支配者的態度嗎？」蘭薩特皺起了眉頭。「看來妳已經忘了『騎士不許違背支配者命令』這一條準則了？」

夏憐歌的抱怨瞬間被他這句話噎了回去。

看她咬起雙唇一臉氣悶的樣子，蘭薩特斜著眼睛「哼」了一聲，毫不客氣的爬回那張

KING SIZE大床上，順勢「啪嗒」一聲把燈關掉。

「能和我住一起是妳的榮幸，不懂得感恩就算了，居然還擺出這麼令人惱火的態度。」

……誰稀罕啊！還有，讓人惱火的是你好嗎！

夏憐歌忍住想一腳把他踹進地獄的衝動，將憋了一肚子的氣，全部往沙發上的行李撒了過去。

蘭薩特也懶得去理她，只是風涼水冷的說了一句：「小心一點，隨便一個行李箱上的拉鍊摔壞了都可以讓妳把下輩子的積蓄賠出來。」

夏憐歌停住了動作，轉過身，悲憤交加的朝床上的人咆哮：「別睡得那麼理所當然行嗎！你睡了我的床，那我怎麼辦啊！」

「我不介意妳跟我一起睡。」

「那我寧願去睡廁所！」

話雖然這麼說，但夏憐歌自然是不可能在這種天氣裡，拿杯紅酒跑去浴缸中裝偶像劇主角。她苦著臉，摸黑挪到床邊搶過一條被子，像隻受委屈的小貓一樣默默縮到了沙發一角。

蘭薩特的呼吸平穩，也不知道是不是真的睡著了。

她突然懊惱的抱住了腦袋在心中吶喊：太忘恩負義了！我剛才究竟是圖什麼才那麼盡心盡力去幫他的啊啊啊啊啊——

03

日常・無眠夜・騎士衝鋒賽

「哇噢……都跟他說了下手輕點，怎麼還是這樣？」莫西有些不滿的斂起了眉。

……夏憐歌萬分同情起剛才被掃飛的那個騎士。

「那個……這比賽沒有參加限制嗎？比如『太凶殘的騎士不能參加』什麼的……」

The Knight Contest of Charge.

日子就這樣不緊不慢的過去了……一個晚上。

早上起來的時候，蘭薩特還整個人裹在被窩裡，看起來像一個坍了一半的大雪球。剛從沙發上坐起身、披頭散髮的夏憐歌，面無表情的盯著那團白色兩秒，便不再理他，逕自洗漱完畢上課去了。

可是等到中午回來，瞧見對方仍舊將自己包成肉粽的時候，她就覺得有些不對勁了。

雖然蘭薩特平時的確總是一副貴公子的模樣，可生活倒也不靡爛，睡到日上三竿這種事情是他最為鄙視的。而現在他卻……

難不成是昨天那件事引發的後遺症？

夏憐歌狐疑的挑了挑眉，躡手躡腳的走到床邊，伸手戳了戳圓鼓鼓的棉被，「蘭薩特，起～床～啦～」下一秒她猛地扯住被子的兩個角，呼啦一聲狠狠的將棉被掀了開來。「混蛋蘭薩特！你究竟要睡到什麼時候啊！」

原本還以為對方會被凍得一下子彈起來指著她跳腳，可等了半天，蘭薩特仍舊安安靜靜的躺在那裡，半瞇著眼睛有些輕蔑的盯著她。

「都幾歲了還玩這一套，妳幼不幼稚啊？」

夏憐歌總覺得哪裡不太對勁，就那樣跪在床沿舉著被子僵了許久，才發覺到這股「異樣」的源頭。

——蘭薩特看起來很累。

這種累並不是在沉睡時被人吵醒的那種「累」，而是……他簡直就好像沒有睡過一樣，眼圈黑得彷彿戴了副墨鏡似的。

真奇怪，明明就霸占她的床那麼久了。

夏憐歌一臉不解的折被子，蘭薩特掙扎著從床上緩緩坐起來，撐住額頭，一副搖搖晃晃的樣子。「好睏……」

聽到這聲喃喃的夏憐歌更加不明白了，脫口而出就問道：「那你幹嘛不好好睡？」

蘭薩特斜了她一眼，「這不被妳吵醒了嗎？」

「……不，我的意思是，你昨晚幹嘛不好好睡？」

蘭薩特頓了半晌，回道：「我認床。」緊接著又擺出特別嫌棄的表情。「真沒想到騎士的待遇居然糟糕成這樣，這種又小又硬的床能讓人睡得安穩才怪。」

……拜託這已經是KING SIZE的尺寸了，你的睡相究竟有多糟糕啦！

夏憐歌難得沒有對他的嘲諷感到生氣，因為對方真的渾身上下都散發出一股「不對勁」的氣息。

他現在這種樣子，看起來根本就不像是「睡不著」，而是「明明很睏卻強撐著不讓自己睡著」。

究竟在幹什麼啊這傢伙……難道是怕自己會趁他睡著時搞偷襲嗎？

夏憐歌撇撇嘴，身邊的蘭薩特已經一副不想繼續在這個話題上糾纏的模樣，於是她很乾脆的轉移了話題：「你午飯想吃什麼？我剛剛在狩獵場那邊拿了點肉。」

說起來，宿舍旁邊的狩獵場也算是挺受學生歡迎的娛樂場地之一，隔三差五就能看見一群男生揹著箭、扛著槍、騎著馬，在那邊嘻嘻哈哈的到處跑。而當享受完征服自然的樂趣之後，這些無所事事的紈褲子弟通常會以低得出奇的價格將他們的成果銷售出去，有些甚至是白送的。

這種行為在夏憐歌看來，簡直就是便民利民親民的「優惠大促銷」，所以有時候懶得跑餐廳，她就直接回來接受這群人的好意，自己煮著吃了。

「今天的是……嗯，最普通的野雞肉，還好沒之前那麼獵奇了。」

上一次夏憐歌拿到的是非常雞肋的野豬肉，身為料理新手的她思索了好久，也沒想出個像樣的烹飪法，無奈之下只好將肉還了回去。不過話說回來……野豬耶，他們到底是怎麼獵到野豬的啊？！不對，是說住在這種危險動物的附近，她的安全真的有得到保障嗎？

夏憐歌還在繼續任由自己發散思維，從床上站起身來的蘭薩特則已經默默回道：「……餃子。」

「啥？」夏憐歌一下子沒反應過來。

「我說我要吃餃子。」蘭薩特瞪了她一眼。

可他現在的樣子根本一點威懾力都沒有，反倒讓夏憐歌忍不住笑出了聲：「什麼餃子啊，你眼睛下面不都掛了兩個了嗎？還是黑色的呢。」

「夏憐歌！」

「開玩笑開玩笑，我只是沒想到你居然會對這種庶民的食物感興趣而已。」夏憐歌硬是憋住了笑意。「原本還以為你會突然唸出一串義大利文或法文……嗯嗯，就是那種『雖然聽不明白但感覺好厲害啊』的菜名啦。」

趕在他第二次發飆之前，夏憐歌又攤開雙手擺出一臉無奈的表情，「不過很可惜，這裡沒有餃子皮，我最多只能做餃子餡給你吃。」

「餃子皮而已，妳就不會自己做嗎？」蘭薩特看著她的目光充滿了無限的鄙夷。

「用什麼做？麵包屑嗎？」

「妳當是在餵鳥？」

「那就用蕎麥吐司吧！」

結果聽到這話的蘭薩特，居然還一臉認真的撫著下頷思考了起來，夏憐歌當即驚恐的打斷對方的沉思，說道：「拜託別當真啊！這樣就不是餃子而是三明治了啦！」

最後不耐煩的蘭薩特，直接打電話叫人送了幾袋麵粉過來。當看到轟轟作響的直升機落在外頭的草坪上時，夏憐歌感覺自己的心就跟那些被氣流掃平的野草一樣。

現在她正站在餐桌前滿頭大汗的揉麵團。

騎士所居住的個人宿舍，其實是由三個互通的房間併起來的，分別是臥室、客廳和室內活動室，而這些房間也可以單獨出入，廚房這種聽起來就很廉價的地方當然沒有。

不過，夏憐歌覺得自己有大得都快能當賽馬場的臥室和客廳就夠了，平時也很少在室內玩什麼活動，就濫用騎士的職權，把活動室改造成充滿平民氣息的溫馨小天地，柴米油鹽鍋碗瓢盆應有盡有。為了不讓地方顯得太空曠，還順手擺了一組沙發和老式電視機，又隔了一塊空間出來當書房，使得這裡看起來就像是個普通人居住的小公寓。

蘭薩特似乎對那些廚房用具感到特別新奇，左看看右摸摸的，放著捲起袖子兩手麵粉的夏憐歌一個人在那邊費勁的揉麵團。最後，夏憐歌終於受不了的將麵團往桌上一摔，怒吼道：「混蛋蘭薩特！你幹嘛不直接讓人送餃子皮過來啊！」

「因為這個看起來很好玩。」說著，蘭薩特又折了回來，隨手從夏憐歌揉好的麵裡捏下一小團來，放在掌心上搓著。「怎麼弄？」

「……拿回來啦！」夏憐歌沒好氣的朝他伸出手，而對方卻護著團子往後退出兩步，微微的昂起頭來，頂著兩個黑眼圈的臉上寫著「我偏不」。

突然被他這孩子氣的舉動逗樂了，夏憐歌的心情跟著稍微好了一點。於是她也從麵團裡捏出一小塊來邊搓邊說：「就這樣子……然後用擀麵杖，嗯，就是這根，等等這不是用來擊打麵團的啊！……用它把麵團壓扁，別太厚也別太薄，力道你自己掌握啦！接著放入之前切好的餡……喔，在餃子皮的邊緣塗一點水，等一下比較好捏。」

語畢，她看著攤在掌心裡的餃子皮和餃子餡，雙手一合，說道：「然後……就像這樣。」

蘭薩特也沒看清她究竟做了什麼，只見她捏著餃子皮的手指快速動著，感覺就好像變魔術一樣，等她再攤開手掌時，那裡已經躺著一顆成型的餃子了，那些聚合起來的褶皺看著就如同盛放的鮮花一般。

「噢噢！」蘭薩特發出了小小的驚嘆，在看到夏憐歌投過來的目光時，又裝模作樣的咳了幾聲。「我的意思是，挺不錯的。」

夏憐歌笑著用眼神示意了一下他手中的麵團，「你也試試？」

「唔……」

「怎麼了？」

「我在想能不能把它捏成兔子形狀。」

「……」

經過了將近一個小時的折騰，一鍋熱氣騰騰的餃子終於出爐啦！臉上還沾著麵粉的蘭薩特雙手叉腰，得意洋洋的望著眼前的成品，而夏憐歌的眼神則是差點就死掉了。

不……這根本不能說是餃子。

夏憐歌望著那鍋暗黑料理嚥了嚥口水。

第一次嘗試包餃子的蘭薩特，野心勃勃的將整個動物園都捏了出來，但手藝不怎樣的他，捏出來的樣子全都跟被輻射過了一樣。而這些餃子中的異端下了鍋之後就更別說了，夏憐歌看著那碗皮是皮、餡是餡，本是一家如今卻水火不容分成兩派的「餃子」，險些就捂著臉痛哭出聲。

「妳不吃嗎，夏憐歌？」蘭薩特不熟練的使用著筷子，塞得鼓鼓的嘴巴讓他看起來像是一隻正在儲存食物的倉鼠。「不是挺好吃的嘛！」

「那當然，你碗裡那些全都是我包的，顆顆完好無損。」夏憐歌面無表情的盯著擺在自己眼前的「麵糊」。

「切。」蘭薩特撇撇嘴。「別人想吃還吃不到呢。」

……沒有人想吃吧這種東西！你以為他們全都趕著下地獄嗎！

也不理夏憐歌那一臉看到鬼的表情，吃飽喝足的蘭薩特伸了個懶腰，站起身來揉了揉眼睛便往門外走去。

見狀的夏憐歌心裡突然一陣雀躍，臉上的愁雲也一下子散了開來，「欸！蘭薩特，你終於要回去了嗎？啊不，我是說，怎麼不多住兩天呢？」她邊說邊歡騰的指向臥室的方向，提醒道：「行李！你的行李還沒拿！」

蘭薩特狐疑的轉過臉來，說道：「誰說我要回去了？」

「……那你這是打算去哪？」散去不到一秒的愁雲頃刻又回來了。

「去鐘樓周圍看看。」蘭薩特一臉的雲淡風輕。

「咦？那邊有什麼好看的？」

蘭薩特頓了一下，就這樣站在那裡靜靜的看著夏憐歌，良久之後才輕輕吁出一口氣來，也不知是不是在嘆息。「三年前的『幻想具現』事件。」

啊……

這樣說來，之前莫西也的確說過，那場事故牽涉到的地點包括學院中央的鐘樓。

他是因為昨晚的事情才想去事故發生地點看看的嗎？經過剛才這一鬧，她還以為這傢伙對那事一點都不在意呢。

蘭薩特低低的垂下了眉眼，連聲音都不知為何輕了起來：「我想知道，那段對話被截斷的部分究竟是什麼。」

——想知道，為何連「我」自己都如此懼怕這段記憶。

蘭薩特回過了頭，被籠罩在白亮燈光之下的背影，此時顯得萬分沉默，他決絕一般的邁出了步伐——

「撲通。」

「……」夏憐歌看著在平地上都能摔跤的蘭薩特，默默的走過去將他扶了起來。

「妳在笑是吧，夏憐歌？」蘭薩特氣急敗壞的甩開對方的手。「混蛋！誰允許妳笑的！」

「不，我沒有……噗。」夏憐歌迅速的整理好臉部表情。「真的沒有笑。」

「騙鬼啦！」

「好啦。」夏憐歌禁不住輕嘆了一聲。「我知道你很想搞清楚整件事，可那些地方你肯定早就去過了，難道現在再去走一圈，那段記憶就會回來了嗎？如果真的那麼容易，你也不會拖到現在了，是吧？」

蘭薩特皺著眉看她，卻找不到話來反駁。

看著對方眼下那濃厚的黑眼圈，她有些擔憂的說道：「你還是先好好睡一覺再說吧？要不然身體會撐不住的。」

總覺得這傢伙一整天都不在狀態的摸樣，全都是因為睡眠不足導致的。

聽到這話的蘭薩特愣了一下，別過臉避開她的目光。「……睡不著。」

夏憐歌無言了：「真的怕我對你圖謀不軌啊？」

蘭薩特抿抿脣，也不說話，逕自站起來拍拍身上的塵土，就往沙發上坐了過去，隨手打開了電視機，一臺接一臺的切換著。

看著他這般的反應，蹙起了眉頭的夏憐歌撇撇嘴，輕聲嘟囔了句「不管你了」，便起身去收拾餐桌上的狼籍。

冷水流過肌膚的觸感讓夏憐歌打了個冷顫，她拿起抹布，在柔軟的泡沫裡緩慢的擦拭著碗筷。房間裡瞬間只剩下陶瓷相互碰觸發出的清脆聲響，偶爾夾雜著從電視機裡發出的沙沙聲，彷彿讓流動在這個空間裡的時間一下子慢了下來。

夏憐歌微微側過臉去看蘭薩特，他窩在窄小的沙發裡，一臉疲累，卻又絲毫不肯鬆懈下神經，像一隻被逼至絕路的警惕小野貓。

不知道為何，看著這樣子的蘭薩特，夏憐歌心裡突然湧出了一陣小小的難過。

為什麼，你就是不願意讓我看到你毫無防備的那一面呢？

◇　◇　◇

下午上完課回來的時候，夏憐歌又看見蘭薩特用被子將自己裹成球，一動不動的窩在床裡，有沒有真的睡著就不清楚了。她遲疑了一會兒，找出下午剩下的材料弄了個三明治，又泡了一杯牛奶，將它們擱床頭櫃上放著。過了一會兒再去看時，果不其然的發現只剩下空盤子和空杯子，裡面的食物已經不見了。

……真是的，感覺就好像飼養了一隻彆扭的大型犬一樣。

夏憐歌也不再搭理他，就這樣放任他自己待著。直至晚上睡覺的時候，她才半是抱怨的叨唸了句：「真是的，蘭薩特你究竟打算讓我睡多久沙發啊？」

說著，她走到床邊把燈關掉，又稍微停了一下，隨即微垂下腦袋，靠近蘭薩特耳邊輕輕的說道：「晚安。」

身子一窩進柔軟的沙發裡，整個人就開始不由自主的放鬆下來。夏憐歌感受著睡意的來襲，眼皮像是灌了鉛一般迅速變得沉重。

窗外襯著月光搖晃的樹影彷彿施了魔咒的安眠曲，更是催得人昏昏欲睡。也不知道過了多長時間，夏憐歌蜷在被子裡半夢半醒的翻了個身，意識正緩慢沉入睡眠的沼澤之中，卻不料突然被人推了一下肩膀。她像隻受驚的兔子一樣跳了起來。

原本一直蜷縮在床上的蘭薩特此時正站在她面前，金髮披肩，半邊身子浸在水色的月華之中，垂下了腦袋眼睜睜的看著她。

夏憐歌被那眼神看得背後冷汗直冒，原本迷迷糊糊的腦袋也跟著一下子清醒了過來。

「蘭薩特……？」她皺了皺眉頭，小心翼翼的喚出了聲。

這是怎麼了……半夜不睡覺就算了，現在還跑來擾人清夢幹什麼啊，難不成是他有夢遊症嗎？

這下子夏憐歌為難了，好不容易遇到這種狀態，她真想神不知鬼不覺的把蘭薩特按在地上呼幾巴掌然後踹出門去，但是又聽說在別人夢遊的時候吵醒他會導致很嚴重的後果……如果一個不小心把帝國學院的儲君弄沒了，那麼她一個小小的騎士估計也只有陪葬的分……

正當她為這些沒有營養的想法煩惱個不停的時候，站在眼前一動不動的蘭薩特，突然毫無預警的俯下身湊近夏憐歌，冰涼的鼻尖觸到她的鼻子，激得夏憐歌不由自主的顫了一下。

「在想什麼呢，夏憐歌？」

聲音像是窖藏了百年的佳釀般醇厚，夏憐歌霎時彷彿被魘住了一般，思維在他低沉悅耳的嗓音中停滯了數秒。

「……混蛋你幹什麼啊啊啊啊啊啊啊！」

下一瞬她才反應過來，感覺身上的熱血全部往臉上湧了過去，夏憐歌手腳迅捷的拖起被子護在胸口，跳下沙發飛快的與蘭薩特拉開數公尺遠的距離。

蘭薩特愣了一下，隨即像是受到了奇恥大辱般朝她惡狠狠的皺起了眉頭。「妳這種『禁止痴漢騷擾』的姿勢擺給誰看啊？知道『自知之明』四個字怎麼寫嗎！」

「那你三更半夜像個鬼一樣站我身邊是想怎樣！想怎樣！」

「我睡不著。」蘭薩特再次理所當然的拋出這句話來，隨即他用不容抗拒的語氣命令道：「陪我出去散步。」

「……誰理你啊，你以為大冷夜的跑出去吹風就叫情調嗎！」夏憐歌揪緊身上的被子，將自己裹成一條嚴嚴實實的春捲，毫不客氣的白了蘭薩特一眼後，便一跳一跳的往沙發蠕了過去，路過他時還故意誇張的避開了身子。

蘭薩特站在原地看著她滑稽的動作，意外的什麼話都沒有說。

她原本以為他肯定會像平時那樣，一邊用尖酸刻薄的話語嘲諷，一邊唸到她答應為止，為此夏憐歌縮進沙發後還特意將被子拉過頭頂，把自己包得嚴嚴實實。但實際上，蘭薩特只是安靜的站在那裡，好像他僅僅是一道從黑暗裡衍生出來的影子。

隱隱約約的，夏憐歌似乎聽到對方輕不可聞的嘆息，還沒待她反應過來，蘭薩特已經快步走出房間，房門碰撞的聲音彷彿輕輕漾開的漣漪，散開之後四周又是一片令人窒息的寂靜。

夏憐歌淺淺的呼吸將被子裡狹小的空間濡得溫暖，她有些遲緩的坐起身。黑夜像化不開的濃墨一般撲面而來，腦海裡響起蘭薩特那聲似有若無的輕嘆，她瞬間覺得自己的心臟也如同被鋒利的鐵絲勒住一樣難受。

果然……太反常了，無論是蘭薩特抑或是她自己。

這一切全部都……太反常了。

◇　◇　◇

冬日的陽光像一罈化開了的蜂蜜，暖洋洋的塗抹在眼皮上，夏憐歌皺了皺眉，窩在沙發裡扭滾半天之後，才不情願的睜開眼睛，對面那張KING SIZE大床依舊空蕩蕩的，蘭薩特還沒有回來。

夏憐歌把棉被蓋過耳際，躲在裡面只露出一雙圓溜溜的眼眸。地上還亂七八糟的橫著蘭薩特的行李，她看著看著，總覺得心裡有些不是滋味，乾脆自暴自棄的喊著：「我不管啦！」掀開被子跳了起來。

從窗口湧進的寒風讓衣衫單薄的她打了個冷顫，夏憐歌一邊哆嗦著，一邊急急忙忙的將制服穿好。今天並沒有課，走出裝有暖氣設施的城堡被冷風一吹時，她又有些怨念自己起得太早。

遠處隱隱傳來了吵雜的喧囂聲，不時還爆發出陣陣熱鬧而響亮的歡呼，夏憐歌搓了搓凍紅的雙手，好奇的往發出聲音的方向探了探，似乎是從城堡之後的狩獵場傳來的。

這時她才突然記起，原來今天是騎士衝鋒賽舉行的日子啊。

騎士衝鋒賽是專為騎士們準備的兩個月舉辦一次的賽事。學院內所有擁有騎士身分的學生都可以以自願形式報名參加，贏得比賽的騎士與其支配者將會獲得相應的獎金和額外學分。蘭薩特之前也曾笑得一臉鄙夷的叫夏憐歌去體驗一下，以拯救她那無限趨近於零的可憐學分，最後自然是以蘭薩特被她拍了一臉辭典為結果而不了了之。

夏憐歌抬起頭望了望萬里無雲的天空想，反正也沒有什麼事……而且感覺好像還挺有趣的樣子，索性去湊個熱鬧吧。

騎士宿舍區的狩獵場分為草場和森林兩個部分，衝鋒賽是在面積約兩公頃的草場上舉行的。待她走近比賽現場的時候，那邊已經圍起了一道厚厚的人牆，激情澎湃的加油聲幾乎把夏憐歌的耳膜都炸穿了。

好不容易才突破了層層重圍擠到前方，原來還被凍得發抖的夏憐歌抹了抹額頭的汗水，一抬眼就看見莫西正蹺著二郎腿坐在草場一側的高臺上吃甜品，一副無所事事、優哉游哉的模樣。

……夏憐歌開始覺得在自己心裡，「輔導員」這三個字差不多就要跟「高級打雜的」劃上了等號。

就在這時，正全神貫注的餵食肩上蜥蜴吃哈密瓜的莫西突然抬起了頭，雙頰被蛋糕塞得鼓鼓的，一看見夏憐歌就笑了起來：「咦，夏憐歌，妳來看比賽嗎？」

她還沒有回答，莫西就已經朝她揮了揮手，「來這邊吧，看得比較清楚。」

得到美少年輔導員的准許，夏憐歌就這樣在各個心不甘情不願、為她讓出一條路的少女們羨慕嫉妒恨的目光裡，輕輕鬆鬆的來到高臺上。

高臺是用花崗岩築成的四稜臺狀，上面建著四角的石亭。夏憐歌拉過一張椅子坐下，毫不客氣的拿過盤子裡的千層酥張口就吃：「唔怎麼又是哈密瓜味……你也來看比賽啊？」

居然還占了個這麼好的位子。

她左右張望了一下廣闊的視野，又對比起自己剛才擠人牆的遭遇，不禁心理不平衡的哼了一聲。

莫西叼著叉子，雙手環住後腦勺往後仰去，有些無趣的拖長了音：「才不是——我是來當評委的。」

「……原來如此。」

果然就是個打雜的。

夏憐歌在心中默默的想，接著移回視線，將目光投向眼前那個廣袤的草場上。

此時草場中央豎著一道長長的柵欄，騎在馬背上的兩位騎士手持巨大的騎槍各就各位，一個立在柵欄右側，另一個在立在柵欄左側，嗯，左側的騎士看起來好像有點眼熟……

以前有稍微聽蘭薩特講過比賽規則，當號角聲一響的時候，面對面的兩位騎士便會順著柵欄向前衝刺，手上的兵器觸到對方的身體則得一分；一場比賽共有五局，得分多者為勝。

真是的……還不如搞個西洋劍比賽咧，非得弄這麼大的場地騎馬互戳，有錢人真是閒到讓人牙疼。

夏憐歌撇撇嘴，拿起桌上的果汁，一口咬住了吸管。預示著比賽開始的嘹亮號角恰好在這時響起，她還沒來得及反應，就看見柵欄左側的騎士身影一閃，再回過神來時，對手已經被他那橫在半空的騎槍掃下馬匹，飛出了幾公尺外。

「噗——」

剛剛被夏憐歌嚥進嘴裡的果汁在一瞬間全被她噴了出來。

怎麼回事……她原本還以為這什麼衝鋒賽就是個讓騎士們上去耍帥擺 POSE 的遊戲而已啊！但現在看來完全就是在玩命好不好！隨便在校園裡舉辦這種比賽真的是合法的嗎！

「哇噢……都跟他說了下手輕點，怎麼還是這樣？每次都把對手弄得半死不活的……」莫西有些不滿的斂起了眉，低低的自言自語了一聲。「是不是應該跟十秋閣下說一下呢……」

「唔咳咳咳——『跟十秋說』？難道賽場上的那個人是……」

「常清啊。」莫西理所當然的看了她一眼。

……夏憐歌突然萬分同情起剛才被掃飛的那個騎士。

不對啊，這傢伙不是應該還處於休養階段嗎？怎麼不到兩天，就活蹦亂跳的跑來參加比賽了？

說到這，夏憐歌又看著遠處那個被掃飛了的騎士嘶了嘶口水：「說起來……這比賽沒有參加限制嗎？比如『太凶殘的騎士不能參加』什麼的……你看常清那戰鬥力……」

一臉黑線的夏憐歌話音剛落，就看見草場上的常清掉轉了馬頭轉過身來，如鷹般銳利的眼睛裡堆滿了得意的笑，像是在炫耀似的往高臺這邊揚了揚手中的武器。下一秒看到夏憐歌時，他又立刻露出了個嫌棄的眼神。

……真是夠了，你們主僕倆究竟有多恨我啊！

雖然是這樣想著，夏憐歌卻當即識相的別過臉去。

比賽還在繼續緊張而激烈的進行著，夏憐歌百無聊賴的吃著草莓蛋糕。看得久了，正覺得無趣想回宿舍的時候，身後卻忽然傳來了「哇吼！」的一聲喊叫。

雖然她的第一反應就是想把手中的蛋糕往對方臉上砸過去，但理智最終還是戰勝了肢體的動作，她握緊了拳頭，嘴角抽搐的笑了笑，頭也不回的打招呼：「你好啊，常清。」

驀地，她又補了一句：「下次你可以換一下嚇人的把戲。」

「……切。」常清斜了她一眼，非常自覺的拉開一旁空著的椅子坐下，伸手將放在奶油上的、夏憐歌準備留到最後再吃的草莓拿了過來，手背上的藍色方塊刺青像一隻張牙舞爪的小怪獸。

「……話說你的元氣養好了？肚子不痛了嗎？」夏憐歌凜冽的目光跟隨著對方拿草莓的動作，卻因為沒有反抗的勇氣，只能冷冷的嗤笑了一聲。

「啊，那個啊……」常清咬了一口草莓，「那種小事，睡飽了自然就滿血恢復啦。」緊接著他又皺起眉頭「啐」了一聲，將手中粉嫩嫩的水果扔掉。「甜死了。」

……夏憐歌心裡沸騰起一股可怕的殺意，險些就把手裡攥緊的叉子往他手背上那個刺青刺了過去。

「那你的比賽結束了嗎？」終於整理好臉部表情，夏憐歌「呵呵呵」的假笑。「怎麼有空跑到這裡來閒晃？」

她一轉過頭，就看見常清不知道從哪裡摸出了一瓶辣椒醬，「唰唰唰」澆了半瓶在盤子裡的哈密瓜千層酥上，也不理一旁的莫西捧著雙頰朝他露出了一臉慘絕人寰的表情，看似隨口的應了句：「等一下還有一場。」

夏憐歌囧著一張臉，看他像吃糖果一樣把那個拌了半瓶辣醬的哈密瓜千層酥往嘴裡送，吃完後還用拇指抹去沾在嘴角的醬汁舔了一下，困惑的問道：「你們這樣看著我幹嘛？」

莫西擺出一張看破紅塵的臉，寂寥的望向遠方。「沒，我就是在心疼我的哈密瓜千層酥。」

「我……我就是在擔心你……」夏憐歌的眼角也跟著跳了挑。

「有什麼好擔心的？」常清露出犬牙笑了起來。「冠軍妥妥的。」

……不，我是在擔心你的味覺好嗎？

夏憐歌無語了。

空氣中那股辛辣的氣味嗆入了肺裡，喉嚨簡直像要燒起來一樣，夏憐歌輕咳了幾聲，正想站起身走人時，身側的常清卻突然低聲喃喃了一句：「說起來，昨晚怎麼也聯繫不到十秋閣下……是發生什麼事了嗎？」

邁出的步伐一下子頓住，夏憐歌這才突然發覺，身為十秋座下的騎士，常清並沒有跟著十秋一起回家。但即使是十秋考慮到常清是學業繁重的三年級生，也不可能沒有跟他說這事吧……

這樣想著，她小心翼翼的提醒了句：「那個……十秋好像在前天下午就回家了。」

「我知道。」常清稍顯煩躁的抓了抓頭髮。「但是十秋閣下前幾天說過，昨天就會把前幾日發售的《Sweet Pandora》的遊戲攻略和隱藏福利放出來啊。」

夏憐歌的嘴角忽然不易察覺的抽了一下：「……為什麼你也跟十秋一樣會玩這種無聊的遊戲？」

「冒險解密AVG哪裡無聊啊！」常清惡狠狠的抬起頭，上挑的雙眼又開始釋放殺氣。

「解密……噗。」聽到意料之外的詞語，夏憐歌一個沒忍住笑了出來，下一秒立刻捂住嘴巴往後退了幾步。「沒……沒，我的意思是，你看起來比較像擅長格鬥遊戲。」

「別小看了常清的第六感喔。」剛從辣醬拌千層酥的打擊裡稍微振作起來的莫西，輕飄飄的說了句：「在以往十秋閣下舉辦的密室逃脫比賽裡，他一直都是第一名。」

……

「果然只有十秋才會舉辦這種無聊的比賽。」

「所以在比賽時他只用第六感就行了腦袋壓根就沒有運轉過是吧……」

「真不愧是和野獸一樣擁有超準直覺的可怕男人。」

「……可是不用腦子的話那參加密室逃脫的意義究竟在哪啦！」

「還不如說是他在比賽途中忽然暴走順手把其他選手解決掉了呢！」

「……說到底還是如野獸般的可怕男人。」

「其實比賽一開始十秋就有給他透口風吧？」

……

霎時，夏憐歌內心深處的吐槽欲望如波濤般洶湧澎湃，面對常清那凌厲的眼神，她好不容易才把這些話憋了回去，隨口就把話鋒轉向了十秋：「哈……哈哈，那玩這種遊戲，十秋肯定沒你擅長，估計是還沒完全攻略出來吧……」

「……沒有，遊戲的話是十秋閣下比較厲害，我只會實戰。」常清的語氣不知為何頓時軟了下來。

夏憐歌腦海當即冒出了「你真的是靠解決掉其他選手才當上第一名的嗎？！」的想法。再去看常清時，他正一邊吃蘸著辣醬的手指餅乾，一邊皺眉嘀咕：「而且十秋閣下一旦說了要放攻略，通常都不會食言的……也不知道他那邊是不是真有什麼事……煩死了，早知道我就跟他一起回圖柏島了。」

「十秋閣下出事了？」好像這時才發覺到事態不對，原本看著千層酥神遊的莫西忽然斂起雙眉，臉上漸漸露出了焦灼的神情。

前天發生的事情像電影一樣在腦海裡迅速回播，夏憐歌的心也跟著一沉，十秋好像真的發生什麼事了……

「嘖，要不是十秋閣下還吩咐了一些任務給我，我就去他家裡看看了。」常清有些懊惱，啪的一聲將手中的手指餅乾捏成了兩截。

抓到關鍵字，一旁的莫西已經完全鎮定不下來了，連下面的比賽也沒有心情去顧及，只是一味急躁的自言自語：「對……家裡……我得去十秋閣下家裡看看！」

夏憐歌看著莫西那副焦慮的模樣，不知為何頓時想起了蘭薩特夜裡那聲輕輕的嘆息。自從那兩人吵架之後，蘭薩特整個人也變得不正常了起來，現在也不知道跑哪去了……

明明說過不再管他的。

夏憐歌鼓了鼓臉頰，有些不情願的開口：「莫西……我跟你一起去吧。」

只是單純想瞭解這些事情的緣由，才不是為了蘭薩特那個混蛋呢。

莫西滯了一下，似乎在顧忌著什麼，過了好一會兒才緩緩的點頭說了句：「好吧。」

04

束縛・圖柏島・山崖的男孩

「你……真的是十秋朔月嗎？」

「那當然啊。我就是十秋家唯一的、不可替代的十秋朔月少爺啊。」

聽到對方肯定回答的夏憐歌，卻覺得自己的腦袋更加混亂了。

這樣的話，那他為什麼會待在這種斷崖之下？他為什麼會以小孩子的形態出現？更重要的是，如今十秋家裡那個「長大了」的十秋朔月，又是誰？

The Boy on the Cliff.

莫西原本打算下午就出發前往圖柏島，但騎士衝鋒賽只進行到一半，身為（打雜的）輔導員的莫西不能撇下比賽不管。夏憐歌把嘴皮子磨破了才讓他稍微冷靜了下來，兩人把出發的日期定在了明天早上。

原本只是打算去衝鋒賽上湊個熱鬧……沒想到又碰上這樣的事情，夏憐歌一臉疲憊的回到自己的房間時，蘭薩特還沒有回來。

那一整天蘭薩特都沒有出現。

夏憐歌甚至都開始覺得對方是刻意在躲避自己。

她撇撇嘴，隱隱的感覺有點不甘心，但又說不上來究竟在不甘心些什麼，只希望能快點把事情弄明白，讓這反常的一切全部恢復原狀。

◇ ◇ ◇

隔天天剛亮，夏憐歌就被莫西的電話吵醒了。夏憐歌被他那催命般的叨嘮搞得硬是在十分鐘內洗漱完畢，冒著冷風衝到了南港。

遠遠的就看見南港的渡頭處停了一架奶油色的噴氣式飛機，她搓著手的動作停下，感覺眼角又不可抑制的抽了抽。

站在飛機旁的莫西打開機門，看著她一臉抱怨的嘟囔了一句：「好慢啊，夏憐歌。」

「莫西，這……飛機是你的？」

夏憐歌滿頭黑線的踏了進去，機艙是優雅的淡灰色，配置有高檔的音響設備，尾端甚至還有擺著各種昂貴名酒的小吧檯。她跟著莫西選了個靠窗的座位坐下，心中仇富的種子又開始蓬勃生長。

「不是，我只有郵輪，但是那個速度太慢了。這架是跟蒲賽里德借的。」莫西支手托著臉頰望向窗外的天空，用一副「今天天氣不錯」的語氣無所謂的說著。

「……說實話吧，莫西你付出了什麼代價？」

「……要妳管！」

十秋所居住的地方，是位於距離薔薇帝國學院所在的奧克尼群島約四十海浬的圖柏島。

夏憐歌原本以為要飛上一段時間，正貼著玻璃窗興奮的看著躍出海面嬉戲的海豚，結果椅子還沒坐熱，就被急匆匆的莫西一把扯下了飛機，下機的時候發現周圍是一大片蒼莽得有些嚇人的樹林。

莫西看著跟下飛機的兩位駕駛員，輕飄飄的說了句：「在這裡等我們。」

往前走出幾步時，他又從衣袋裡拿出懷錶彈開來看了看，回過頭，稍顯不滿的嘖了一聲：「居然花了七分鐘，這路程明明能在五分鐘內到達的。」

「……」望著莫西瀟灑離去的背影以及兩個駕駛員委屈的表情，夏憐歌再一次覺得自己果然離有錢人的世界太遙遠了。

她頗為同情的看了被丟下的駕駛員們一眼，跟在莫西身後往樹林深處走去。

越往深處走，越覺得四周的樹木高大得可怕。各式叫不出名字的植物在這裡放肆的向上生長著，即使在冬天裡只剩下光禿禿的枝椏，居然也能展現出驚人的生命力。那向天而伸的枝幹像一張密密麻麻的大網，縛住了廣袤的蒼穹，好似整個世界的聲光都被它們吸了進去。皮鞋踏在枝蔓上發出的窸窣聲，甚至驚出了夏憐歌一身的雞皮疙瘩。

也不知道走了多長的時間，原本被茂密枝條掩蓋住的光線驟然傾瀉了下來，落了遍地耀眼的碎金色。豁然開朗的視野裡驀地出現一座古老的和風建築，彷彿一個莊嚴肅穆的長者，在這裡安詳的端坐了數百年，散發著宏偉又震人心魄的氣息。

也不知道這座建築究竟占據了多大的面積，夏憐歌愣在了原地左右張望，竟一下子望不到邊界。

在她發呆的那一瞬間，莫西已經邁開步伐朝那扇棗紅色的大門走了過去。

彷彿早就知曉了他的來訪，莫西剛在門前站定，大門就像啟動了什麼機關一般開始緩緩的打開，反應過來的夏憐歌趕緊跟著小跑上去。

一位面容瘦削的中年婦人出現在眼前，穿著一身簡樸的灰黑色和服，冷峻的面孔像是被模子固定起來似的。她微曲下身子，畢恭畢敬的道：「莫西大人，好久不見了，夫人也很想念您呢。」

「嗯，等一下我再去拜會伯母。佳代，快帶我去見十秋閣下！」莫西也毫不忌諱，抬起了腿就要往裡闖。

被稱為「佳代」的婦人禮貌而生疏的側身讓出一條路，在看到隨在莫西身後的夏憐歌時，又輕輕的皺起了眉頭，巧妙的移了移位置，擋住她的去向。

「請問這位是……？」

「哦，她是蘭薩特閣下的騎士，夏憐歌。」莫西這才像是突然記起她的存在，忙停下腳步回答。

佳代狐疑的上下打量著她，臉上明顯的嫌棄意味揮之不去，夏憐歌被她看得心裡發毛，都差點開始懊悔當初自己要跟來的決定了，婦人這才緩緩的為她讓開了路。

夏憐歌愣了一下，隨即朝她鞠了一躬，急急忙忙跟著莫西的身影跑了進去。

一進門就是撲面而來的閒逸氣氛，連原本正在憤懣為啥自己要被當犯人般審視的夏憐歌也一下子放鬆了下來。

側邊是嶙峋峭立的假山以及清澈見底的池塘，匯聚成流的小瀑布從山澗汩汩而下，濺起的水花在日光下閃爍出奪目的光澤。各色的錦鯉在漾開波紋的池裡慢悠悠的擺動著尾鰭，彷彿寶石般的花苞正在緩慢伸展著花瓣，看起來甚是討喜。

佳代走在前方帶路，繞過了氣勢恢弘的主屋，轉身往一道幽靜的小徑彎了進去。素色的梅花一路綻放，鼻間盡是沁人心脾的香味，夏憐歌仰起頭深深的吸了一口氣。透過枝葉的碎光彷彿貓咪毛茸茸的尾巴掃在睫毛上，偶爾點綴著鳥鳴的空氣裡，盡是祥和平靜的氣息。

小徑的盡頭矗立著一座三層高的現代日式別墅，淡色簡約的外牆透著點不協調的冰冷。

佳代在距離別墅十多公尺外就停下了腳步，沉默而嚴肅的朝他們彎了彎腰，便轉身踏著枯黃的草坪快步離去。

夏憐歌望著她離去的背影，正覺得有說不出的奇怪，回過頭就看見莫西一副攻堅救人的模樣，「啪」的一聲踹開了別墅的門，就差沒喊上一句「十秋閣下別怕我來救你了！」的臺詞了。

屋裡一片黑漆漆的，幾乎連一點的光線都沒有，觸目所及堆滿了各式大大小小形狀不一的盒子，甚至連樓梯都快被塞滿了。兩個人走得異常艱辛，視野裡一片昏沉沉的，驀地，莫西回過頭來低低的說了一句：「小心。」

呃？

夏憐歌被他的聲音激得脊椎一冷，亂了步伐的腳好像在剎那間踩到了什麼東西，一股寒氣刷的一聲從腳底直衝上腦門。

她定在了原地，眨了眨已經適應了黑暗的眼睛，機械而又凝重的垂下了腦袋。

——一條少女的大腿像突起的樹根般橫在自己的腳下。

……

「啊啊啊啊啊！屍體！有屍體啊啊啊！」夏憐歌放聲尖叫了起來，條件反射的抬起腳就要往那條大腿掃過去。

一旁意識到不對勁的莫西頃刻跟著「啊啊啊啊啊」的撲過來截住她的動作。「夏憐歌妳幹什麼！」

「有屍體啊莫西！這裡擺這麼多盒子都是為了裝屍體的嗎！十秋究竟有多恐怖啊！」

「等等妳也想太多了！別、別踩下去！不然妳真的會被十秋閣下扒皮拆骨啊！」

「救命啊啊啊啊——」

「夠了夏憐歌！這是十秋閣下收藏的限量一比一等身女神模型啊！我不是叫妳小心點了嗎？妳居然還踩在人家的大腿上！」

「……」

原本陷入狂亂狀態的夏憐歌，瞬間像是被人潑了一盆冷水般，整個人清醒了過來。

嘴角艱難的往上扯了扯，她望著眼前密密麻麻的盒子，冷笑出聲：「莫西你的意思是……這裡擺的全都是十秋的公仔嗎？」

「要不然妳以為呢？」

……夏憐歌心中那如海浪般波濤洶湧的吐槽欲望頓時化為了「媽媽我要回家」的衝動。

抱著難以言喻的微妙心情爬到三樓，在看到那扇貼著多啦A夢壁貼的粉色大門時，夏憐歌已經找不到任何語言來形容自己的感受了。

莫西敲了敲門，輕聲細語的喊了一聲：「十秋閣下？」

裡面沒有聲音，安靜得像一潭不會流動的死水。

正當兩人面面相覷，不知道應該怎麼辦才好時，房間裡才慢慢的傳出了一句：「……沒鎖，進來吧。」

十秋的聲音聽起來似乎有點啞。

莫西當機立斷的「啪嗒」一聲甩開了門：「打擾了！十秋閣……」

最後一個字被他噎在了喉嚨裡，剛抬腳想踏進去的夏憐歌更是僵住了全身的動作，感覺心中頓時山塌地陷萬馬奔騰。

房間裡像堆積木一樣疊著形如小丘的美少女抱枕，形形色色的漫畫和DVD亂七八糟的攤開在地板上，幾罐沒有擰緊的模型漆倒在一旁，流出來的漆料將地板染得五顏六色。拆開或未拆開的零食散在房間的各個角落，夏憐歌看見碎了一半的麵餅、已經融化了的巧克力、甚至還有快發黑的蘋果心和香蕉皮……

所有語言都是空洞的。

莫西沮喪的扶著門框，搖搖欲墜。「雖然每次來都會看見這種景象，但為什麼我還是沒辦法習慣呢……」

……會習慣那才有鬼啊！

穿著黑色V領T恤的十秋咬著pokey巧克力棒，盤腿坐在這一堆垃圾中間，沒有經過打理的頭髮亂糟糟的翹起，頂著兩個黑眼圈，一臉無神的盯著擺在膝蓋上的粉紅色手提電腦。

夏憐歌正想吶喊「為什麼又是粉紅色？！」，就看見十秋蹙著眉按掉了電腦的開關，把它放在一邊，抬起手按了按額頭，有些搖搖晃晃的站了起來。

「隨便找個地方坐吧……」

……你讓我們坐哪啊！

「我去幫你們倒果汁……」

夏憐歌：「……」

莫西：「等等十秋閣下你沒問題嗎？！你要到哪去？那邊是窗戶！」

話音剛落，走得東倒西歪的十秋一下子絆到了地上磚頭般的遊戲設定集，整個人往前撲了過去。

「十秋閣下啊啊啊啊啊！」

莫西反應過人，像隻豹子一樣在這雜亂的房間裡衝出了一條路，竄過去一把扯住十秋的手臂，卻因為重心不穩，順勢跟著他一起倒了下去。

「怎麼了！他沒事吧？！」原本踮著腳尖走路的夏憐歌，這時也迅速的跑了過來，看著閉著雙眼一動不動的十秋，不禁緊張起來。

莫西急急忙忙的從地上爬起來，盯著已經沒了動靜的十秋好半晌，才緩緩的抬起頭來看向夏憐歌，「睡……睡著了。」

「……」

◇◇◇

夏憐歌漫無目的的在寒意料峭的庭院裡走著，開始有點懷疑自己來這裡的意義。

莫西在十秋的房子裡幫他收拾房間。在這之前，莫西還看著他的睡顏，特別慶幸的說道：「幸好這次來早了，要是像之前那樣來到時十秋閣下已經餓到胃痛得出不了房間，那就糟了！」

聽到這話，夏憐歌就恨不得一腳往睡著了的十秋臉上踹過去。那他們究竟是來幹什麼的？！就是為了照顧差點宅死的十秋，以及幫他收拾房間的嗎？！

這樣憤憤不滿的想著，夏憐歌不知不覺的走到了那座優雅卻不失氣勢的主屋前。漸漸多起來的僕人讓她頓住腳步，異樣的感覺又從心裡深處蔓延了上來。

她定在原地愣了好一陣，又回過頭看看那條深幽的小徑……對了，比起主屋這邊的熱鬧，十秋所居住的那幢別墅，簡直就像死了一般寂靜。

剛剛走來時也有看見一、兩個園丁在整理小徑旁的樹木，但大家彷彿都在忌諱些什麼，總是不著痕跡的繞開了十秋的房子，就像早上帶他們過去的佳代一樣，似乎壓根就不願意靠近那地方一步。

但是為什麼……

十秋明明是薔薇帝國學院的儲君之一，又是十秋家僅有的少爺，即使性格再怎麼古怪，也不應該會遭到這樣子的待遇啊……

正當她為這些問題疑惑個不停之時，一聲溫柔的聲音從一側傳了過來。

「妳就是佳代所說的，跟莫西一起來探望小朔的那名女孩嗎？」

夏憐歌轉過了頭，只見那邊的長廊上跪坐著一位捧著茶杯的女人，身著米色的和服，上面綴有盛放的粉色櫻花，烏黑的長髮用扇形的簪子綰了起來。她瞇起了雙眼，對夏憐歌露出春風般的笑容，剎那間夏憐歌覺得自己整顆心都軟了下來。

女人的身旁趴著一團黑忽忽的東西，她的手還按在上面輕柔的來回撫摸著。夏憐歌也沒仔細去看，估計是狼犬一類的大型寵物。

「呵呵。」女人笑了笑，看著夏憐歌疑惑的目光，呷了口茶水淡淡道：「我是小朔的媽媽。」

什麼——?!十秋的母親?!為什麼看起來這麼年輕啊啊啊啊！

呆在原地石化數秒，夏憐歌才驟然察覺到自己的無禮，連忙慌慌張張的躬下了身子說道：「失、失禮了伯母！我叫夏憐歌！」

「不用那麼侷促，過來坐下吧。」十秋媽媽彎了彎嘴角，連說話的聲音都跟棉花一樣軟軟的。

夏憐歌點點頭，不知為何緊張到像機器人一樣，同手同腳的走過去坐在長廊上，將雙手捏成了拳頭，規規矩矩的擺上膝蓋。

「妳真可愛。」看著她這般模樣，十秋媽媽有點忍俊不禁。甚少被誇獎的夏憐歌，臉上一下子飛上了兩朵紅雲。

又聽見十秋媽媽笑著說了一句：「聽到妳跟莫西來看小朔，我很高興呢。在學校承蒙你們的照顧了。」

其……其實也沒怎麼照顧啦，她基本上都只是在跟十秋鬥嘴而已……

夏憐歌有些不好意思的撓了撓後腦勺，不知道應該接什麼話好。十秋媽媽卻顯得異常熱情，像話家常一樣從十秋的小時候開始說起，夏憐歌只顧得上在一旁應和幾聲，時不時的配合笑幾下。

「——說起來啊，小朔不在的時候，手套也是很想念他的呢，牠可是從小看小朔看到大的。」

講到一半，十秋媽媽像突然想起了什麼似的，將目光投向趴在她身邊的黑犬身上，眼神也跟著愈加柔和起來。「我現在還記得，以前小朔還在學走路時，手套一直都在旁邊緊緊跟著，他一摔倒就立刻跑過去哄他……那場面，看著真的是特別溫馨。」

說著，十秋媽媽掩著脣，淡淡的笑了起來，過了一會兒又將手重新放回黑犬的毛髮上，動作輕得如同怕吵到牠一樣。「現在啊……手套也老了，每天總是像這樣昏昏沉沉的睡著，不知道牠有沒有夢到年輕時那些跟小朔在一起充滿了活力的日子呢——」

「真讓人羨慕，我也想要一隻這麼忠誠的小狗呢。」夏憐歌跟著她笑，也忍不住微側過頭朝黑犬的方向望過去。

「手套已經不能算是小狗了。」意識到她的動作，十秋媽媽眉眼裡帶著溫柔的笑意，伸手推了推黑犬。「嘿，手套，起來跟小客人打聲招呼啦。」

牠一動不動。

「真是的……你這個懶惰的老傢伙。」十秋媽媽無奈又寵溺的搖了搖頭，移了移身子過去抱住那隻黑犬，像是費了好大的勁才把牠攬到自己懷中。

夏憐歌準備好笑容和揚起的右手，正想說：「嘿，手套，你好。」

結果當十秋媽媽邀功似的抱著牠的腦袋，將牠拖到夏憐歌面前時，夏憐歌卻整個人一下子愣住了。

毫無光彩的眼睛綴在那東西的臉上，卻依舊隱隱的顯現出了一絲陰毒；而牠的兩隻耳朵僵硬的豎著，露出尖牙的嘴齜咧開來，像是在進行一場無聲的咆哮。

那不是一隻狗。

準確點來說，那甚至不是一隻活物。

夏憐歌突然想起來，蘭薩特之前跟她說過，小時候他和十秋一起去未經開發的山林裡打獵，曾經被一隻黑狼襲擊過。

——知道最後我們是怎麼脫險的嗎……十秋一個人把狼殺死了。

——那張狼皮現在還在他家掛著呢。

在日光中泛著冷色的毛皮鋪在女人的膝蓋上，她笑得像朵春天裡盛放的牡丹，將捧在手中的狼頭又往夏憐歌那邊湊了湊。

夏憐歌一時沒反應過來，身子一傾往後方跌坐了過去。霎時從心底閃現出來的恐懼感擄獲了聲音，她只覺得彷彿有人將滲骨的冰水注入了自己的太陽穴，整個人如同被美杜莎的雙眼定住了似的，動彈不得。

「啊呀……手套太兇，嚇到妳了嗎？」

看著夏憐歌那狼狽的模樣，十秋媽媽仍然笑得滿面春風，一把將那張狼皮抱回懷中，輕輕撫摸著。「放心，手套很乖的，牠很聽小朔的話……他說什麼，手套就幹什麼。」

說到這，她忽地又發出銀鈴般的笑聲，看向夏憐歌的眼神好像變得奇怪起來。

「——你們也要跟手套一樣聽話哦。」

「小朔不太會照護自己，所以在學校你們都要滿足他的要求。」

「盡量的讓著他，千萬別惹他生氣。」

「他叫你們幹什麼你們就幹什麼，不要違背他的意志，知道嗎？」

等、等一下……

夏憐歌縮了縮脖子，還沒從剛才那張狼皮的震驚中恢復過來，十秋媽媽又轉開話題，啜著杯中的清茶道：「話說回來，也好久沒有人來看小朔了。難得你們來一次，今晚留下來吃頓晚飯吧？」

「這、這個……」夏憐歌頓時有些猶疑了。

「唉，小朔也真是的，都叫他一直待在家裡就好，去什麼學校。」她右手捧著臉頰，看起來一副憂心忡忡的樣子。「想念朋友什麼的，全部叫來家裡就好了啊。」

「……」

「你們會留下來吧？吶，會留下來陪小朔的吧？」

「我……」

「你們要留下來陪小朔玩哦。」十秋媽媽彎起了眉眼。「要是把他帶走的話，我絕對——不會放過你們的。」

……什麼狀況啊？！

十秋媽媽依舊在笑，夏憐歌看著卻覺得莫名的毛骨悚然，忍不住又往後面挪了挪。

這時，屋內傳來了焦躁的腳步聲，佳代蒼老的聲音聽起來有點慌亂：「夫人！夫人您怎麼又隨便跑出來了！您今天的藥還沒有……」

看到夏憐歌的那一剎，佳代瞬間收了聲。

夏憐歌順勢跳了起來，喊著「伯母打擾了我先走了」，便像隻張皇的兔子般逃了開去。

她感覺十秋媽媽的視線依舊在身後盯著自己看，雙腳的步伐也跟著開始亂了起來。

好奇怪……這所宅子裡的人都好奇怪……

佳代也好，十秋媽媽也好，甚至是那張被當成活生生的狗的狼皮也好。

這種不容他人侵入、一旦有人過來就要把對方咬碎嚥進肚子裡的感覺……真的是太奇怪了。

她突然在撲向臉頰的風中打了個冷顫。

對了，剛才佳代說的藥……又是怎麼回事？

◇　◇　◇

夏憐歌在十秋的宅子裡迷路了。

從十秋媽媽身邊跑開的時候，她原本是想回十秋那幢冷清的別墅去的，可是走了大半天，才意識到自己剛才似乎是往反方向跑了。

然而現在想回頭也已經太遲，她抬起腦袋環視了眼四周，所見之處盡是陡峭的山坡和高聳的樹木，就跟她剛剛踏上圖柏島時所看到的景色一樣。夏憐歌甚至都不知道她現在是不是仍舊待在十秋家的宅子裡，抑或是一個不小心跑到外頭的荒山野嶺去了。

在心中默唸著「沒這麼倒楣吧」，夏憐歌掏出了手機，卻發現這個鬼地方壓根就沒有信號！

這可怎麼辦啊！這島大得那麼過分，要是沒人來找的話，她八成要在這邊安享晚年！

悲從中來的夏憐歌仍不死心，她舉起手機四處走動著尋找信號，啪嗒啪嗒的腳步聲在這寂靜的山林裡顯得特別突出。

過了大約半個鐘頭，尋索信號無果的夏憐歌停住步伐，放下高舉手機的手，有些狐疑的回頭望了望。

不知從何時開始，她覺得自己的四周似乎聚起了越來越多的人。

不，或許並不一定是「人」。

她只感覺有各式各樣的氣息出現在周圍，這些生物潛藏在她所看不見的地方，睜著一雙亮澄澄的眼，似乎隨時都會朝她的脖子撲咬過來。

就在她的神經即將繃緊到臨界點的時候，身後忽然傳來了「喀嚓」的聲響。

「誰?!」夏憐歌惶恐的轉過頭去，連帶腳步也不由自主的往後退出幾步，卻不料腳底一個打滑，身後竟是一片深不見底的斷崖!

「等等……不是吧，喂?!」

夏憐歌沒來得及喊救命，就感覺風從腦後襲來，氣流和令人難以忍受的失重感封鎖住了她的喉嚨，也一併將她的意識拉入一片沉如子夜的黑暗裡……

夏憐歌做了一個夢。

她夢見自己被邀請至妖精的國度，一群穿著禮服的小動物一邊用各自的語言唱歌，一邊與她手拉著手跳舞。然後牠們用魔法變出各式各樣美味的甜點，聚在一起開始舉辦下午三點鐘的茶會。

一隻貓將牠的尾巴垂下來，在夏憐歌面前晃來晃去。夏憐歌被那毛茸茸的觸感撓得直想打噴嚏，可是下一秒她又看見那尾巴頓住了動作，變成了甜甜的粉紅色棉花糖。

於是夏憐歌毫不客氣的張大了嘴巴，「啊嗚」一聲朝棉花糖咬了下去。

「喵——？！」

夏憐歌聽到了一聲略顯淒厲的慘叫，可是咀嚼的動作並沒有停下，她甚至還不明所以的繼續往嘴裡塞了幾口。

「喵嗚！」

那慘叫頃刻轉化為憤怒，夏憐歌只覺得臉頰突然傳來一陣尖銳的疼痛，眼前的茶會消失了，所有色彩也跟著一下子沉了下去，她又墮入一片永無止境的黑暗中。

「嗚哇……蝶豆你不能這樣啦，臉對女孩子來說可是很重要的喔。」

耳邊突然傳來了一個稚氣十足的聲音，夏憐歌覺得聽著有幾分耳熟，可是一下子又想不起來在哪裡聽過。

奇怪，最近怎麼老是出現這種情節？

她睜開了眼睛。

映入眼簾的是一名約莫八、九歲的小男孩，墨黑的髮、墨黑的眼，穿著白襯衫和黑色的吊帶短褲，雖然上面布滿了灰色的汙跡，可並沒有掩蓋男孩身上散發出來的貴氣。

此時，他正看著她露出歡呼雀躍的笑，一臉興奮的大喊著：「醒來了耶醒來了耶！」

看著小男孩那張莫名熟悉的臉，夏憐歌瞬間怔住了，腦袋裡接二連三的浮現出了一大堆問號。

男孩站起來拍了拍身上的灰塵，夏憐歌這才發現，他的周圍裡三層外三層的聚著數不盡的動物，而原本站在她肚子上的白貓不屑的瞥了她一眼，邁著優雅的步伐往前一躍，三兩下的蹭到了男孩的腿邊。

他就像是這山間的帝王般站在這堆野獸中央，將雙手別在背後，微微俯下了身子，朝夏憐歌露出陽光明媚的笑容：「吶，大姐姐妳叫什麼呢？」

說著，他又驟然想起什麼般的眨了眨眼，說道：「噢噢——在那之前要先自我介紹呀。」於是他昂起小腦袋得意洋洋的拍了拍自己的胸脯，「我啊，我叫——」

沒錯，排除年齡因素，他的這張臉，長得和她所認識的一個人一模一樣。

「我叫——十秋朔月喔。」

◇　◇　◇

夏憐歌完全不知道要做出什麼反應。

她愣在那裡，感覺腦子變成了一鍋沸騰的開水，將她的思緒和理智全部滾成一碗又黏又爛的麵糊。

面前的男孩似乎對她的反應感到非常不悅，他稍微板起了臉，「現在妳應該告訴我妳的名字了，要不然超不禮貌的。」

緊接著他又攤開雙手原地轉了個圈。「而且啊，要不是我救了妳——妳剛才就掛在那上面呢。」

他抬起頭往上方指了指，夏憐歌順著對方的手望過去，那是一截從斷崖裡鑽出來的樹枝枝幹。

「是我叫郁金和郁李把妳叼下來的哦。」男孩又指了指分別停在他兩邊的兩隻禿鷲，看似小大人般的說著：「不然妳現在已經──嘖嘖。」

夏憐歌看了那兩隻目光犀利的禿鷲一眼，不由得害怕的嚥了嚥口水。

「那、那個……」

不過現在讓她最害怕和困惑的並不是這些，而是──

「你……真的是十秋朔月嗎？」

聽到這句話的男孩皺起了眉頭，走過來一蹲，靠到夏憐歌面前，「那當然啊。」

──「我就是十秋家唯一的、不可替代的十秋朔月少爺啊。」

聽到他肯定回答的夏憐歌，卻覺得自己的腦袋更加混亂了。

這樣的話，那他為什麼會待在這種斷崖之下？

他為什麼會以小孩子的形態出現？

更重要的是，如今十秋家裡那個「長大了」的十秋朔月，又是誰？

「……啊——不過其實現在算不算『唯一』，我也不是很清楚啦。」

男孩篤定的語氣一下子又軟了下去，他撇下雙眉，啪嗒一聲盤起雙腿坐在地上。見狀的白貓軟綿綿的「喵嗚」了一聲，縱身一躍跳入了男孩的懷中。

「我已經待在這裡好久了，有些事情早就……不過我真的是十秋朔月沒錯啦，名字是絕對不會記錯的！嗯！」

然而這句話並沒有傳入夏憐歌的耳中，她瞪大了眼睛看著那隻白貓——牠剛才躍入男孩懷中的時候……竟然直接穿過了他的身體！

「等……你、你……」夏憐歌一個重心不穩往後跌坐了下去，抬起手來，顫巍巍的指向男孩。

「啊？啊……這個呀……」男孩愣了好久才察覺到她的意思，有些無奈的站起身從白貓身上移開，重新找了個地方坐下。「都跟你說過多少次了，蝶豆，我沒辦法碰到你們，以後別再這樣子撲過來啦。」

原本還喜孜孜的貓咪頓時露出了一臉惋惜的神色。

鬼啊！

這是夏憐歌看到眼前情形後第一個冒出腦海裡的想法。

「欸嘿，嚇到妳了嗎？」男孩卻看似對她那驚訝的反應感到很高興，抱著肚子哈哈大笑起來。「不過這個很好玩喔，還可以到處飛來飛去，像這樣——」

語畢，他雙腿往地面一蹬，整個人立刻輕飄飄的飄往半空中，陽光透過他略顯透明的軀體，折射成五彩的光傾瀉下來。男孩擺出各式各樣誇張的姿勢在空中翻滾幾圈，任腳下的白貓蝶豆伸長了爪子朝他「喵喵」的叫著。驀地，他又一個俯衝朝夏憐歌衝了過來，在即將撞上她的額頭時煞住了動作，將眼睛笑成彎彎的月亮。

「怎樣?很棒吧？」

「……」

夏憐歌仍舊不知道應該發表什麼感想。

再怎麼說，眼前這傢伙都長得跟那個萬年面癱的十秋一模一樣啊……雖然沒戴眼鏡稍微削減了一點冷漠感，年齡變小又稍微增加了一點親切感，可……一看到這張臉在自己面前做出如此天真無邪的表情，她的內心就忍不住一陣糾結。

對夏憐歌那千變萬化的神色感到不解，男孩睜大眼睛繞著她轉了一圈，又倏地「啊」了一聲，緊接著有些苦惱的抱住了後腦勺，像是睡在吊床上一般躺在了半空中。

「欸……不過這樣子也有缺點就是啦，沒辦法碰觸到東西真的是超麻煩的，而且好像除了這些傢伙——」他指了指圍在腳下的那一群動物。「其他人都不能看到我。」說著，他又雙眼發光的看向夏憐歌，「妳是第一個能看見現在的我的喔，怎樣？很榮幸吧？」

……一點也不。

夏憐歌默默的在心中腹誹。

男孩似乎對她沉默的態度異常不滿，於是微微的鼓起了雙頰，像隻小蜜蜂一樣又繞著她嗡嗡嗡的旋轉起來：「話說妳幹嘛一直不說話啊，好歹把名字告訴我嘛！是我救了妳耶！我好不容易才找到人聊天……討厭妳討厭妳討厭妳討厭妳——」

「嗚啊啊啊好了停下啦！」被他鬧得好像眼前都冒出了閃爍的星星，夏憐歌氣急敗壞的捂住了耳朵。「我叫夏憐歌！」

聽到對方應答的男孩這才頓下動作，歪過了頭看她。

「唔唔唔——」被他的目光盯得渾身不自然，夏憐歌攥緊了拳頭，乾脆一古腦的將自己內心的想法全部說了出來：「我不是不想說話，是因為太過震驚不知道要說什麼啊……呃，真的超震驚啦！」

她忽然猛地抓了抓頭髮。「我有好多問題想問，但都不知道要怎麼問出口！」

這下子男孩倒像是來了興致，將手握成拳頭往胸前捶了捶，「嗯哼」的仰起了毛茸茸的小腦袋，「儘管問吧！本大爺知道的都會告訴妳的！」

「好吧，那聽著——」夏憐歌也毫不客氣，「第一，你為什麼會待在這裡？」

「呃唔！」男孩瞬間露出了像是被劍刺穿的痛苦神色，「撲通」一聲跪了下來，捂緊胸口，故意裝出一副奄奄一息的語氣：「沒、沒想到第一擊就讓我……」

「別鬧了快回答！」

「……切。」

他瞥了夏憐歌一眼，重新擺正表情，眼神卻往另一個方向瞟了過去。

過了好久，彷彿是終於思索出答案一般，他才回過神來撓撓臉頰，有些無奈的揚起了笑顏：「都怪我不聽母親大人的話，擅自跑到這邊來玩，然後就跟妳一樣啦，一不小心從上面摔了下來，等醒過來時……」

說到一半，他伸手想要去揉揉依偎在身側、一臉期待的白貓的腦袋，掌心卻從牠身體上穿了過去。

他正過臉看著夏憐歌，「就變成這樣了。」

聲音稍微低了下來，也不知是不是因為消沉。

欸？

夏憐歌愈加迷茫。

他的意思是……從斷崖邊上摔了下來，然後……死掉了？那麼果然是幽靈嗎？

想到這裡她又皺起了眉頭。

可是不對啊，十秋明明就還活著。

還是說，十秋還有一個因為事故死去的雙胞胎兄弟？但以前也沒聽他說過這種事啊……

而且真的是這樣的話，那眼前的這個男孩為什麼要自稱「十秋朔月」呢？

啊啊啊啊！完全想不出個所以然嘛！

夏憐歌乾脆放棄了思考，繼續向男孩問道：「那麼第二，你在這裡多長時間了？」

這回好像真的把他難倒了，男孩皺起了秀氣的雙眉，低下頭擺弄著自己的手指頭，數著：「欸……這個，我算算啊，一二三四……大概是有，唔……八年？或者七年？」

語畢，他一臉不確定的瞄了夏憐歌一眼。

啊，這樣子算起來，倘若他沒有成為幽靈的話——在那之前，先假設他確實是因摔下山崖而死去的，那他現在的確是跟十秋差不多大了。

「嗯，那麼第三個問題，你……認識彼方．蘭薩特嗎？」

「啊？」男孩先是露出了一臉疑惑的表情，過了一會兒又撫著下巴沉思。「唔……蘭薩特呀，是那個蘭薩特嗎？」

欸？！果然認識的嗎？！

也不理夏憐歌那驟然亮起來的雙眼，他興致勃勃的將話接下去：「母親大人以前有跟我說過喔，是那個和十秋家是世交的蘭薩特吧？兩個家族的交情可是非常要好的。」

說到這，他像是想起了什麼，突然捂著肚子哈哈大笑起來，「好到什麼程度呢——據母親大人說，我跟蘭薩特家的獨子還定過娃娃親喔。」

什麼？！夏憐歌頓時感到自己的世界觀被衝擊了一下，這種事她可是從來沒有聽說過的啊！

「然後呢……」男孩又有些無奈的哈哈笑了起來，「原本情同姐妹的母親大人和蘭薩特阿姨就為這件事吵架了。」

啊？！

這又是什麼展開？！她完全料不到啊！

「因為啊，一開始就信誓旦旦的說，『以後絕對要成為親家的哦』這樣，結果沒想到兩人都生了男孩。可當時分娩完的兩人還在欣慰的想著『真好呀，是個白白胖胖的小夥子，你將來可要好好保護十秋的女兒噢』、『快快長大變成堂堂正正的男子漢，把蘭薩特家的女兒娶回家吧』，非常自然的就認為對方一定生了個女孩。」

「當時聽到這裡時我就在想——哇，這兩人真的都超自我的嘛！」男孩誇張的苦下了一張臉。

……同感。夏憐歌點了點頭。

「於是她們互通電話的時候也只是說『生啦，是個非常健康的小孩哦』，完全沒有提到性別這檔事——所以這麼重要的事情怎麼可以不說呢！」男孩又是一臉的憤憤然。「等到兩家一起擺滿月酒的時候——母親大人說，知曉了真相的她們，那時就好像看到了世界末日似的，『欸？怎麼是個男孩！』、『不是吧？居然是男的！』這樣。」

「……然後，兩位伯母就……吵架了嗎？」夏憐歌僵硬的扯了扯嘴角。

「是啊，超級小孩子氣的對吧？」

男孩跟著撇撇嘴，然後一把捏細了聲音：「『真是的！小朔，你說她怎麼就不早點跟我說呢？我當時做了一大堆女孩子穿的衣服呢！還在想將來的婚禮是要西式還是日式呢！啊，蘭薩特的女兒——如果她生的是女兒，穿著白無垢的模樣一定非常美麗。嗚嗚嗚！小朔我覺得我的感情受到了欺騙！』——母親大人這樣子對我說。」

「所以啦，那時幹嘛就不早點問清楚呢？」

男孩「嗚啊」一聲攤開雙手，躺到了草地上。「這種烏龍明明從一開始就可以避免的，唉，搞得我也有種感情受到欺騙的感覺。」

「……嘛，哈哈哈。」夏憐歌乾笑了幾聲，之後才抓到這段話的關鍵點。「等等，這麼說其實你……並沒有見過彼方．蘭薩特？」

「滿月的時候應該是有見過一次啦。不過後來母親大人都沒怎麼跟蘭薩特阿姨來往了……她明明就很想跟阿姨和好的，可是就是一直拉不下面子呢。」

頓了一下，他又想到什麼似的從草地上彈了起來，神色好像有些微的不悅。「啊，但我偶爾有從江梨子那裡聽到關於那個人的事情哦，說什麼『是個很漂亮又安靜的人，看起來非常有教養，比討人厭的十秋少爺好多了』之類的，切。」

……有教養嗎？呵呵。

夏憐歌的眼角抽了一抽。

那邊的男孩說著說著，表情不知為何驟然低落了下來，他坐在草地上垂下了腦袋，有一下沒一下的擺弄著手指。「其實我……好想念母親大人和江梨子她們，可是、可是我沒辦法和她們說話，我……」

身側的白貓低低的嗚咽了一聲，抬起頭想去舔舐他的臉頰，卻怎麼也無法碰觸到對方，只能在那邊「喵喵」的叫著。周圍的動物也紛紛圍了上來，安慰似的捧出一大堆東西堆到了他面前，松鼠拿著榛果，小鹿噙著蘑菇，老鷹叼著鮮花，幾乎就要在他四周疊出一座高高的小山。

男孩抬起頭來，硬是強迫自己露出笑臉。「沒事的哦，我有你們就好，不用擔心我啦。」

好像是在對那群動物說，又好像是在對自己說。

看著他那樣的表情，夏憐歌心裡不由得一動。

他明明是想哭的，可是卻撐著不讓自己落下淚來。

夏憐歌微微的低下了眉眼。她似乎是在嘆息，輕輕問了句：「那麼你恨嗎？」

「恨什麼？」男孩不解。

「恨那個……取代了你的人。」

如果你真的是十秋朔月的話。

「為什麼呢？」他好似更加迷惘了，稍微歪過頭去看她，可過了一會兒，神色又黯淡了下來。

「我啊，在剛變成這樣的時候，其實是有回去找過母親大人的。那時候她一直哭，一直哭，一直哭，我不知道她為什麼要哭，也不知道應該怎麼做，才能讓她像往常那樣溫柔的笑出來——當時我真的害怕極了，我明明就陪在她身邊，卻什麼也無法為她做到。」

「——直到，『他』出現了。」男孩看著擺在自己面前的野花，目光驀然變得柔軟。

「哎……或許不應該說『他』吧？那是另一個『我』？或者未來的『我』？啊呀，好麻煩，隨便啦，反正那傢伙出現了，並且讓一直哭泣的母親大人重新露出了笑臉。」

「我覺得，這樣子就好了。」男孩嘿嘿的笑了起來。

霎時，夏憐歌感覺喉嚨好像被什麼東西哽住了一般，什麼話也說不出來了。

明明心中的疑問一個都沒有得到解答，甚至謎團又倏地多出了幾個來，可是對著面前這樣笑著的男孩，她卻覺得自己再也無法繼續質問下去了。

男孩托著下巴盯了她幾秒，突然無聊的踢蹬起雙腿來。「欸——一點都不好玩，妳一直在問奇怪的問題。」

夏憐歌有些抱歉的看著他，的確……對方也就只是個小孩子，一直陪自己說這種話題，肯定會不情願的吧？可她又不是那種特別會陪小孩子玩的人，就算被這樣子抱怨也——

目光游移到堆在他周邊的那一堆東西時，夏憐歌的雙眼忽地亮了起來。

「那麼，要來野餐嗎？」

她拿起一顆紅豔豔的野果遞到男孩面前。「雖然沒帶什麼材料，但有這些東西的話，水果沙拉我還是做得出來的喔。」

——嘛，雖然也很單調就是了。

「野餐？」男孩瞪大了圓溜溜的眼睛看著那顆野果許久，又驀地垂下眼簾，咬了咬食指。「可是我又吃不到……」

啊……該死的！居然忘了這個！

夏憐歌在心裡狠狠的敲了自己的腦袋一記。

不過半晌之後，男孩又興奮的抬起了雙手，說道：「沒關係！蝶豆、郁金、郁李還有翠菊黃翁霞草……牠們全都會幫我吃的！我們這就去野餐吧！」

夏憐歌幾乎要被他唸出來的那一大串名字繞暈了，真是的，為什麼偏偏要替動物取植物的名字呢？

不過，看著對方那副開心的模樣，夏憐歌忍不住也跟著抹開了一絲微笑。

「我們去那邊！那裡有一條非常清澈的小溪喔！」

他也只是……寂寞了太久罷了。

那一個下午，夏憐歌就如在夢境中一般，和一群動物、還有一個到處飄來飄去的小男孩，舉辦了一場美妙的下午茶茶會。他們只有千篇一律的水果沙拉和蔬菜沙拉，但這也無礙於他們從心底湧現而出的快樂。

夏憐歌臨走之前，那男孩眼巴巴的望著她，說道：「姐姐妳明天還會來嗎？」

「唔……很難說。」夏憐歌故意擺出煩惱的臉色。

男孩立刻像隻沮喪的小狗一樣垂下了耳朵。

她噗嗤一聲笑了出來：「會來的，我還會帶麵包和葡萄酒……嗯，如果能弄到的話。」

「欸，又是野餐啊？姐姐妳幫我帶個遊戲機唄？」

「你——」你又碰不到。差點這樣脫口而出的夏憐歌硬是把話嚥了回去。「……好吧，我盡量借借看。」

「耶耶——我等妳喔！反悔的是小狗！」男孩高興得手舞足蹈。

「好啦，天色晚了，我也差不多該走了。」夏憐歌彎下了腰看他。「你剛才說你有辦法讓我回去，是什麼辦法呢？」

「蝶豆！你出場的時候到了！」

男孩一揮手，身後的白貓立即彎著腰躍了出來，站定在夏憐歌面前，一臉高傲的搖了搖尾巴。

「蝶豆對這邊的地形很熟，牠應該能帶妳繞出去的。」男孩伸手作勢揉了揉白貓的腦袋。「有牠在妳身邊，山裡的野獸也不會對妳怎樣。」

「哎喲，這小貓咪有那麼大能耐？」夏憐歌蹲下身子想去捏捏白貓的耳朵，卻被牠不屑的一個爪子甩開。

「哼哼，有蝶豆陪著，就表示妳也是我罩的。」他得意的叉著腰。「這可是看在我的面子上喔。」

夏憐歌還在為「自己被一隻貓輕視了」的事實感到失落，過了好半晌才站起身來，對男孩揮揮手，「那麼我走了喔。」

「明天記得來！」

「嗯，反悔的是小狗。」夏憐歌朝他輕輕的笑了起來，轉過身又稍微停下腳步。「——吶，我能最後問你一個問題嗎？」

「什麼？」

「你——真的是十秋朔月嗎？」

「好煩，妳明明都問過一次了。」男孩雙手做喇叭狀放在嘴前：「我就是十秋朔月，真真切切的十——秋——朔——月——」

「那好。」夏憐歌回過頭，抬起手靠近額邊，做了個「下回見」的動作。「拜拜嘍，小十秋。」

「不要加『小』字！」

「你明明就小嘛。」

「可惡！明天要妳好看！」

「哈哈——」

夏憐歌笑著，跟隨白貓輕盈的腳步逐漸遠去。

◇◇◇

天色漸漸的暗了下來。

不知是那高聳入雲的樹林將光線遮掩住了，抑或是夜晚已經開始降臨。

夏憐歌只覺得颳過臉側的風似乎變冷了，禁不住縮了縮脖子。面前身姿矯健的白貓在樹叢裡來回跳躍，若不是那一抹顏色實在白得亮眼，夏憐歌差點就要跟不上牠的腳步。

感覺來來回回都在同一個地方打轉啊……也不知道是這裡的地形本來就是這樣，還是這隻白貓故意的。

想到這裡，夏憐歌不禁撇撇嘴，撥開遮在眼前的樹葉，看似隨口的問道：「哎……我說，你該不會是在帶我兜圈子吧？」

白貓邁出的前腿一頓。牠轉過頭來，緊縮的雙瞳在這片灰暗裡泛起幽幽的藍光。

「嘿嘿，我知道，你不喜歡我是吧？」夏憐歌隨即發出促狹的笑聲。「是擔心我搶走你的小主人吧？果然啊，貓都是愛吃醋的動物……」

「愚蠢之徒！」

一聲清脆如銀鈴的怒斥打斷了她接下來的話，夏憐歌當即像被雷劈中一般滯在原地。

「誰……是誰？！」顫抖的聲音從脣邊溢了出來，她惶恐的回過頭去四處張望，周圍的樹影在冷風的吹拂下發出了沙沙的聲音，像夜裡蟄伏的怪獸，更是惹得她脊椎一陣莫名的發冷。

然而就這樣僵持了許久，四周並沒有出現其他動靜。

夏憐歌心裡驟然冒出了異樣的感覺。她將目光移回白貓的身上，僵硬的咧開嘴角哈哈哈的乾笑：「該不會……是你在說話吧？不、不是吧……哈、哈……」

「哼。」白貓半瞇著眼，懶懶的舔了舔前爪。

「嗚哇哇哇哇！」夏憐歌頓時一個踉蹌往後跌坐在地，身上的雞皮疙瘩跟倒入滾油裡的冰水一樣猛地炸了開來。

白貓又是傲慢的瞥了她一眼：「吾絕非汝所想之小人。」說著，牠轉了個圈，再次邁開優雅的步伐往前走去。「更不會因此等小事對汝施加報復。」

見牠也不打算等自己，就這樣逕自的越走越遠，縱使再害怕，夏憐歌也只能咬牙追過去，在即將跟上白貓時又小心翼翼的減下了速度，與牠拉開一小段距離。

「那……那個，你你、你你你……」

「汝訝異於吾通曉汝族之言語？」牠仍舊是一臉的不屑。

是啊……超訝異的，而且還說得這麼文言，我聽不習慣啦……

見她不說話，白貓又仰起頭不滿的「哼」了一聲：「吾統領此山六百年，竟被汝此等劣民輕視！此真奇恥大辱！」

六百年？這樣說來……

「你是貓妖嘍？」

被各種神秘的事物搞得一個頭兩個大的夏憐歌已經見怪不怪了，而且看牠不像是要作惡的樣子，內心的警戒就慢慢的鬆懈了下來。

「放肆！」白貓驀地豎起了尾巴，回過頭來狠狠的瞪著夏憐歌。「竟敢對吾使用『妖』如此下等的字眼！」

……可是本來就是妖啊，難不成你還是貓仙嗎？

夏憐歌無語的看著那隻白貓一臉倨傲的走在前方，突然又像想起什麼般拍了一下手掌，問道：「啊，這麼說不是那傢伙罩著你，而是你罩著他囉？」

一想到男孩那副自信滿滿的模樣，夏憐歌就忍不住笑出了聲，半晌又輕輕的吁了一口氣，望向白貓嬌小的背影。「不過六百年啊……真是有夠久的，在他來到之前，你究竟是怎麼度過那麼漫長的時光的？」

白貓頓了一下，大約只有半秒，接著便繼續踏步往前而去。

「此地有人與吾同年代而生。」

「欸——！」夏憐歌嚇了一跳。「這裡還有其他妖怪嗎？！」

不過說來也是，這麼蒼茫隱秘的山林，有什麼孕育不出來的呢？

白貓嫌棄的看了她一眼，似乎對她話中的「妖怪」兩字感到異常不滿，過了好久才嘖了一聲開口道：「非也，彼為人。」

啊？

這讓夏憐歌更加驚訝了，她誇張的怪叫起來：「不是吧？！居然還有活了六百年的人？可是這樣也跟妖怪差不多了吧！」

好奇心又開始隱隱作祟，她一臉討好的蹭過去：「哎，那人是誰啊？告訴我嘛，蝶豆豆。」

白貓當即炸毛，全身的毛髮像刺蝟般立了起來。「住口！汝無資格喚吾此名！」

夏憐歌卻當沒看見牠全副武裝的模樣，笑咪咪的蹲下身來，伸出手撓了撓牠的下巴，白貓當即像化開的水一樣軟了下來，原本氣勢洶洶的目光此時也舒服的半瞇著，牠「喵嗚」了一聲，伸長了脖子發出滿足的嘆息。

五秒鐘之後白貓猛地睜大了眼，彷彿受到了什麼侮辱般用力一爪拍開夏憐歌的手，默默糾結了一會兒，又彆扭的轉開臉去，挺直了四肢重新開始帶路。「咳，失禮。」

哈哈，還挺可愛的。

夏憐歌喜笑顏開的跟了上去。「所以告訴我嘛，那個如此長壽的人究竟是誰啊？」

白貓故意冷淡的瞄了她一眼。「不可說於汝知。」

「小氣！」

白貓頭也不回的繼續前行。「斯乃贈吾一飯免吾死於飢寒的恩人。既受得他人恩惠，便不可反咬一口。」

「告訴我名字而已算什麼反咬啦……我又不認識他。」夏憐歌撇撇嘴，驀地，看著面不改色的白貓露出了了然於心的笑。「喔~這樣看起來，你算是報恩的貓了?可是六百年這麼長的時間，你幹嘛不去找他呢?」

白貓又頓了一下，先是微微的垂下腦袋，不一會兒再次傲然的昂起頭。「汝不懂吾之驕傲。」

……這算哪門子驕傲啦!拜託這是傲嬌好嗎!還一連傲嬌了六百年累不累啊!明明就一副唯我獨尊的樣子，幹嘛遇到這種事就學小姑娘害羞!

夏憐歌在心裡狂風怒瀾的吐槽，而那邊的白貓輕聲的說了句:「何況，如今吾已有朔月相伴。」

朔月?啊，說的是剛才那個男孩吧。

這時，白貓的語氣驟然冷了下來，連帶看著她的眼神好像也帶著千年不化的堅冰。「汝無法伴其一生，本不該對其允下承諾。」

什麼承諾?夏憐歌愣了愣，說道:「欸……是說明天我還會來找他玩這件事嗎?可我又不會食言，我真的會過來的啊。」

沉且她也還有一大堆問題想弄清楚呢。

也不知道是不是因為天色問題，白貓的表情看起來似乎有點陰鬱。「其形體不定，汝等人類無法時時刻刻見其真身。」

嗯？

夏憐歌倏地一滯。

她都忘了……普通人本來是沒有辦法看到他的。現在聽白貓這麼一說，難道她這一次可以看見他也僅僅只是因為……

「巧合。」

白貓看穿了她的心思。

「可、可是我已經答應他了啊！」一想起男孩那張笑臉，夏憐歌就有些莫名的焦躁起來。「有沒有什麼辦法可以讓別人一直看見他呢……」

「有。」白貓這次倒是回覆得異常快，圓溜溜的眼突然瞇成一條狹長的線，牠停住了腳步看向夏憐歌，彷彿是在審視著美味的獵物。「獻出汝之身體。」

「欸？」

「使汝之軀殼，成為承載其靈魂的容器——」

白貓壓低了姿勢，一步一步的逼近，如同一隻嗜血而來的怪獸。

不知為何，夏憐歌被牠看得渾身發冷，像是一隻被蛇盯住的青蛙，甚至連逃離牠視線的力氣都沒了。

就在這時，遠方突然傳來了嘈雜的人聲，莫西那帶著急躁的聲音傳入耳中：「喂，夏憐歌——妳跑哪去了——」

那禁錮著自己的壓迫感瞬間消失了，夏憐歌滿頭冷汗的回過神來，眼前的白貓已經不知去向。

「啊，找到了找到了！」

逐漸接近的聲音裡露出了欣喜，緊接著是啪嗒啪嗒的腳步聲，拿著手電筒的莫西三步當兩步的跑了過來，身後還跟了一大堆人馬。

他將跌坐在地的夏憐歌扶起，有些不悅的斂起眉來，喝斥道：「真是的，夏憐歌妳別亂跑啦，害我們找了一下午，這邊都靠近島上的原始區了，再往裡面走的話，可就沒辦法這麼及時找到妳了喔。」

「白貓……有一隻白貓……」夏憐歌好似還沒從那陣壓力中完全脫出，抓緊莫西的衣袖，失神的喃喃自語。

「什麼白貓啊？」

「白貓說、說要拿我的身體當容器……」

她知道，牠並不是在開玩笑。

那時候，白貓幽藍色的雙瞳裡充滿了令人生畏的殺氣。

「哈？妳在說什麼胡話啊夏憐歌？」雖然是這麼說，可夏憐歌看見莫西的眼睛那一剎那如星星般亮了起來，他一邊陽光的笑著，一邊豎起食指跟還在腿軟的夏憐歌解釋道：「不過話說回來，拿身體當容器這種事也不是沒有喔，如果想要復生已死之人的話……」

真是的！為什麼這傢伙一碰到稀奇古怪的話題就整個人都來勁啊！拜託她還在害怕欸！

看著夏憐歌那越來越鐵青的臉色，莫西識相的閉上了嘴：「啊算了算了，嚇到妳就不好了。」說著便攙著她的手臂，跟上大堆前來找人的人馬開始往回走。

「但說實話，找容器這種東西就像配血型一樣，要找到一具與往生者靈魂毫不排斥的身體，其實是很難的，如果弄不好，那好不容易得來的軀體也會變成失敗品……」

「給我閉嘴啦莫西！」

◇ ◇ ◇

到了最後，夏憐歌還是在十秋的家裡留了下來，因受驚過度被十秋媽媽強留是一個原因，另一個原因是莫西不親眼看十秋認認真真的吃頓飯，他不放心回去。

一回到十秋家，那些不實感才像濃霧一樣朝她籠罩了過去，下午發生的事情就彷彿是一場夢境。

那個自稱「十秋朔月」的男孩，和現在這個十秋朔月，究竟是什麼關係？難道正如男孩所說，現在的十秋是另一個「他」，抑或是「未來」的「他」嗎？

夏憐歌怎麼也想不明白。

晚飯時間一到，夏憐歌立刻被莫西打發去拿晚餐。她忍不住有些抱怨，自己明明是客人、而且還是剛剛受到驚嚇驚魂甫定的客人，為什麼還要做這種事啊！而且出來主屋吃不就好了，十秋在自己的家裡還鬧什麼彆扭！

十秋媽媽卻對他不冷不熱的態度一點都不惱怒，光是開胃菜就準備了十幾種，夏憐歌一人拿不過來，她就叫了身旁一個僕人過來幫忙。

對方是個比自己小幾歲的女生，名字叫江梨子，紮著兩束高高的馬尾，笑起來像是紅透了的櫻桃。

江梨子……嗎？夏憐歌想起下午那男孩說過的話，禁不住笑彎了眉眼。

果然是個非常可愛的女孩子呀，難怪他會想念呢。

可是一看到對方毫不費力的舉起兩個與自己身高等長的托盤，在面前走得四平八穩的時候，夏憐歌瞬間就連驚嘆的力氣都沒有了。

接近十秋的別墅的時候，人聲就漸漸的遠去了。

與其他人不同，這名女僕絲毫沒有顯露出畏懼的樣子，在這片晦澀的陰影裡依舊笑得歡快。

夏憐歌覺得好奇，還沒來及問出聲，江梨子就先她一步問道：「姐姐跟莫西大人一樣，都不害怕十秋少爺嗎？」

「呃？」她一下子愣了，好半晌才反應過來。「為什麼要害怕？」

說實話，他生氣的樣子的確挺恐怖，但也沒到讓人害怕的程度吧……

呃，雖然經過下午之後多少覺得有些詭異，但也不知道是不是因為太過熟悉了，她真的沒多少害怕的感覺。

眼前的小女僕頓時停住了腳步，轉過臉來一臉狐疑的問道：「原來姐姐妳不知道嗎？」

「嗯？」

「——十秋少爺，他是死過一次的人哦。」

……欸？

◇　◇　◇

才一個傍晚的時間，莫西就把十秋的房間整理得妥妥帖帖，明亮的地板上幾乎連一絲灰塵都沒有。夏憐歌不由得感慨，誰要是能娶到莫西，那可真是人生一大幸事啊。

睡了一覺的十秋看起來稍微有精神了點，不過在吃飯的時候依舊一副神遊太虛的模樣，按莫西的話說就是「好像靈魂已經進入二次元了」。

夏憐歌看著他，又想起剛才江梨子說的那番話，兩人在別墅前的場景彷彿倒帶的電影般，開始在腦海裡重播——

夏憐歌愕然，結巴了好半天，才斷斷續續的問了一句：「這……這是怎麼回事？」

「當時年紀太小，什麼都不知道呢，這些都是聽其他下人說的。」江梨子搖了搖腦袋，驀地，神色有些黯然。「只是有一天……突然就發覺十秋少爺好像變了一個人一樣。」

「變了一個人？」

江梨子點著頭，臉上的表情說不清是無奈還是悲傷。

「因為記憶裡的十秋少爺就是一個不折不扣的笨蛋啊，總是做些奇怪的惡作劇，又一直欺負我，還老是在我的鞋子裡扔毛毛蟲，那時候雖然覺得他很討人厭，可是當有一天發現十秋少爺突然變得冷冰冰的，不管對誰都擺著同一副表情時，不知道為什麼……就一下子覺得好難過……」

看著江梨子那咬緊下嘴唇委屈的模樣，縱使夏憐歌覺得她肯定是記憶錯亂了，也忍不住用空著的手摸了摸她的腦袋。

……唔，不過如果是下午那個「小十秋」的話，那倒也確實是如她所說的那樣。

想到這裡，她放輕了聲音問道：「那為什麼妳也不怕十秋呢？」

「因為十秋少爺就是十秋少爺啊！」江梨子抬起了腦袋，眸光在這沉沉的夜幕裡彷彿一匹如水的綢子，鋪得柔軟又綿長。「不管變成什麼樣子，他還是我的十秋少爺啊。」

一想到這些，夏憐歌就覺得自己的腦袋像被人塞了一團煮糊的麵條般亂糟糟的，連一點思緒都沒辦法整理出來。

那斷崖下的男孩，真的是死去的十秋的靈魂嗎？如果是真的話，那麼江梨子又為什麼要用「死過一次」這種奇怪的說法呢？而現在十秋又是什麼？難不成是來自地獄的惡魔嗎？是說，「死過一次」究竟是什麼意思啦……

正在胡思亂想的時候，耳畔突然傳來了十秋的聲音：「怎麼了夏憐歌？一臉便秘的樣子。」

也不知道他的思維什麼時候從二次元世界回來的，夏憐歌被嚇了一跳，條件反射的跳了起來，掩飾的繞著房間走了兩圈。「沒、沒事，就是覺得有點悶，哈哈……咦，這是什麼？」

為了轉開話題，她隨手拿起一個擺在書櫃上的模型就問。

是一個大約三十公分高的精緻鳥籠，看起來與舊雕像公園裡那座鳥籠雕像頗為相似，不同的是，這個鳥籠模型裡還坐著一名被鐵鏈束縛著的少年，他身上的服飾被粗糙的鐵鏽磨得破損不堪，卻依舊倔強的高仰著腦袋，不知眼裡看到的究竟是怎樣的景色。

模型還未上色，只在少年的雙眼裡點了兩抹深深的絳紫，看起來竟透出了點驚心動魄的味道。夏憐歌恍了一下神，頓時覺得這名鳥籠裡的少年看起來有種微妙的既視感，似乎曾經在什麼地方看過。

她將模型翻了過來，發現鳥籠的底部還寫有一行雋秀的英文句子——

I will come to save you.

右下角則刻了一個小小的單詞：Twos.

這又代表著什麼？零零散散？兩個人？還是只是單純的一個名字……圖斯？

「小心點，別碰壞了。」十秋在身後不痛不癢的說著，眼睛卻盯住了夏憐歌的動作。

夏憐歌覺得壓力有點大，隨口又問了一句：「這是你做的？」

十秋不否認。

這時莫西也好奇的靠了過來，有些訝異的看著那個袖珍鳥籠，問道：「欸，十秋閣下難道是根據奧克尼群島上那個，關於被囚禁的王子傳說而製作的嗎？」

「傳說？」夏憐歌一下子來了興趣，眨眨眼睛問道。

「是啊，其實帝國學院所在的那個群島流傳下來的傳說非常多，被囚禁的王子只是其中之一。」莫西將話接了下去。「妳看過舊雕像公園裡的那座鳥籠雕像了吧？傳說那裡曾經囚禁著一位王子，他的子民們害怕他在死後會回來復仇，才費盡心思建了這麼大一座鳥籠，將他的靈魂徹底的困住，永世得不到解脫。」

「這樣子也太殘酷了吧？」夏憐歌皺了皺眉頭，之前第一次見到那個壯麗的雕像時，蒲賽里德也講過那裡曾經囚禁了一位王子，一想到這，夏憐歌的好奇心又被勾了起來。「那王子是因為什麼才被囚禁在那裡的呢？」

這下莫西也不明所以的搖了搖頭。

一旁的十秋咬著筷子，含糊不清的說了句：「因為他不聽話吧。」

「嗯？」

「沒有按照子民們所希望的那樣生活下去，產生了本不應該有的感情，觸犯了當時的禁忌……等等之類的。」

「……那他最後怎樣了？」

「誰知道。」十秋事不關己的望了望天花板。「大概是化成魔鬼肩上的蒼鷹，正在向曾經背叛他的人實施報復吧。」

依舊在仔細研究袖珍鳥籠的莫西一下子委頓了下去，連聲音都變得細微起來：「但不知為何，總覺得……那位王子一定也是十分悲傷的吧。」

05

聲音・花語籤・菖蒲與記憶

十秋像是最為忠貞的騎士一般單膝跪下，折了身旁的菖蒲花，向蘭薩特遞上，說：「沒關係，我一點都不害怕，你的語言改變不了我的記憶。」

蘭薩特抬起了眼，彷彿受驚的兔子般輕聲問道：「那……那麼，一直陪在我身邊也是沒問題的嗎？」

「嗯，沒問題的。」

——我們都以為自己無法被救贖，直至彼此相遇為止。

The Calamus and the Memory.

勸十秋回學院的過程居然意外的簡單，夏憐歌剛剛說出「十秋你要不要跟我們一起回去？」的下一秒，他便立即無所謂的接了一句：「行啊，反正我事情也做完了。」

……之前在腦海裡構思的一大堆說辭全都沒用上，夏憐歌心裡陡然生出了莫名的失望。

而且十秋答應得這麼乾脆，自己也不好意思問他到底是為了什麼才跟蘭薩特吵架了……

雖然無法追根究柢，這對於八卦魂熊熊燃燒的夏憐歌來說有點可惜，但十秋答應回去，也就意味著這場不大不小的風波將要告一段落了，未嘗不是一件好事。

十秋把回去的時間定在了明天早上，夏憐歌想起了自己和「小十秋」的約定，原本想再推晚一天，可是一想到白貓那毫無溫度的眼神，她就覺得心裡一陣沒來由的顫慄。

雖然覺得對不起他……可夏憐歌也不想讓自己就這樣不明不白的成為一個「容器」。

當晚兩人在十秋別墅的客房裡住了一夜，隔天一大早，幾個人就已經整裝待發了，夏憐歌隨意找了個藉口讓十秋和莫西稍微等自己一會兒，便提著籃子匆匆忙忙的往山林那邊趕了過去。

可她也不敢走得太遠，因為這次要是迷路了，估計就真的走不出去了。

在逐漸蔥郁起來的一片小樹林裡，她將手中的籃子放了下去，裡面是熱氣騰騰的三明治和一瓶葡萄酒，還有從十秋那邊搜刮來的遊戲機。

她所能做的，也就是將昨天承諾要帶來的東西送到而已。

夏憐歌愧疚的站起身，咬牙一狠心，正準備離開的時候，耳畔忽然傳來了莫名熟悉的聲音——清脆的、甜美的、又帶著些微諷刺的聲音。

「哈，汝等劣民之誓果然毫無重量。」

是那隻白貓！

夏憐歌驚慌的轉過身，然而四周除了搖搖晃晃的樹影之外什麼都沒有。白貓不知道躲在哪個角落，聲音卻是清晰至極的響在腦中。

她也不敢去思考太多，轉身剛逃出幾步，就聽見那邊的白貓似乎遲疑了一瞬，接著淡淡的道了一句：「汝曾說過，復悔者是為犬。」

夏憐歌停下了腳步。

「汝當真為犬乎？」

不知為何，這句話在她聽來，簡直就像是引誘她踏入的餌食一般。

夏憐歌再一次咬緊了牙關，將腦海裡的聲音全部驅逐出去，氣喘吁吁的奔離了這座杳無人煙的樹林。

杳無人煙的、寂寞的樹林沙沙作響著。

回到十秋那邊的時候，莫西已經做出了相當不耐煩的神色，夏憐歌連連道歉了幾聲，便和他們一起往目的地走了過去。

其實天色還相當早，森林裡的氣溫感覺起來比昨天還要冷上幾倍，夏憐歌往雙手吹了吹熱氣，突然記起被他們丟下的兩位飛機駕駛員，真的是光想著都替他們感到淒涼。

「說起來……前幾天是不是有個長得挺可愛的女生，想要申請成為你的騎士啊，十秋？」

三個人走在路上都沒什麼話好說，夏憐歌總感覺這僵硬的氣氛讓溫度又降了幾分，忍不住隨口找了個話題。

十秋頭也不回，走了好一會兒才張開了口，好像剛才那段靜默的時間是用來努力回憶似的。「忘了。就算有提出請求我也沒答應，我座下已經有常清了。」

「欸……」不知為何，跟在他身旁的莫西眼神瞬間黯了下來，臉上的表情說不出是慶幸還是失落，滯了好久，才勉強的揚起了嘴角。「要是我是這學院的學生就好了，那樣的話我也可以和常清一樣，成為十秋閣下的騎士……」

說著，如同是記起了美好的回憶，他的神色又柔和了起來。「當初多虧有十秋閣下把我救起來，我現在一定要好好報答……」

未說完的話驟然被十秋冷淡的聲音打斷。他頓住了腳步，似乎早已對這樣的情景感到無比厭煩。「莫西，我說過，我不記得我有救過你。」

莫西愣了一下，怔了半晌才回過神，小心翼翼的彎起嘴角：「你、你又在開玩笑了十秋閣下，當年你明明就……」

十秋乾脆直接轉過身，動作決絕得連一點情面都不留，彷彿強調般又重複了一次：「我不記得了。」

他面無表情。

「所以，不用再對我這麼好了。我受不起。」

聲音像是遠遷的候鳥，在捲起落葉的冷風中漸漸的化了開去。莫西愣在原地，彷彿一座沉默了千年的石雕，什麼話也說不出來了。

夏憐歌有些看不下去，這種事情究竟有什麼好否認的啊？就算真的不是他救的，又何必把話說得那麼絕？什麼受不起啊……看看都把莫西弄得一副快哭了的樣子。

她哼了哼，走上前去就想指著十秋的鼻子罵，結果還沒開口，就見他豎起了食指靠近嘴邊，做了個噤聲的動作。

「噓，有人。」

這話一出，夏憐歌也跟著呆了，正要邁出的右腿僵在了半空，原本踩著落葉發出的腳步聲一下子停住。果然，這邊一安靜，就聽到了不知從哪裡傳出的窸窣聲音，但那聲音像是隨著他們的步伐在走，不過一秒的時間，就立刻跟著停下了。

三人就這樣僵持在原地，動都不敢動。夏憐歌望了望四周繁茂的林木，有些艱難的嚥了嚥口水，她內心的第一個反應是潛藏於這荒山野嶺的野獸，第二個反應是那隻活了六百年的白貓。可不管是哪一種，相信他們都不會好過。

然而她還沒有回過神來，就看見身側寒光一閃，一道黑影從身旁的杉樹後竄出，朝她撲了過來，待到看清對方的樣貌時，夏憐歌整個人都傻掉了。

這……這不是十秋的媽媽嗎！

原本溫柔祥和的氣質早已被猙獰取代，她怒紅了一雙眼睛，高高舉起匕首，就朝夏憐歌狠命的刺了過來。

發生什麼事了?!

夏憐歌的腦袋裡像是爆炸般轟的一聲，彷彿一隻被蛇盯住的青蛙，定在原地無法動彈，似乎連條件反射也在瞬間失去了作用。

就在那一剎那，她突然感覺有人在背後用力的扯了自己的手臂一把，還沒反應過來就撞入了一個寬闊的懷抱中。枝頭上不知名的鳥被驚飛了起來，夏憐歌覺得視野一角似乎被冶豔的桃花染紅了。

時間凝固數秒，她呆呆的看著身後的十秋伸出手擋住了母親揮來的刀尖，手背上被劃出了一大道口子，刺痛眼眸的鮮血彷彿一條毒蛇，順著他雪白的手腕蜿蜒而下。

一看到血，十秋那原本一臉無所謂的表情一下子崩裂了，但卻又像是在竭力壓抑著什麼的樣子，他只是煩躁的嘖了一聲，直接撕開自己的袖子，胡亂的往受傷的手上纏了過去。

身旁的莫西彷彿這才反應過來，連忙一邊焦慮的喊著「閣下你沒事吧?」，一邊作勢要跑向十秋，結果還沒邁出兩步，就被十秋那惡狠狠的目光定在了原地。

十秋媽媽有些神經質的往後退了幾步，匕首從她那顫抖的雙手中滑落下去，利器墜地的冰冷聲音令她渾身一震。像是剛被這「匡啷」的聲響喚醒一般，她彎著身子急匆匆的走上來，就要握住十秋受傷的手。「小朔……小朔……你的手……」

「我沒事！」十秋條件反射的揮開了正在向他靠近的母親。看著她一臉不敢置信的模樣，他忍不住軟下了聲音，臉上卻還是揮之不去的急躁。「……我沒事，母親大人。」

十秋媽媽驚恐萬分的瞪大了雙眸，眼裡盡是哀求，想要接近十秋，又怯於他的惱怒，只能不知所措的來回挪動著腳步，抱頭嗚嗚的哭泣著：「對不起……對不起……小朔，我……」

十秋盡可能的緩和自己的表情，還想說些什麼的時候，十秋媽媽卻突然像是瘋了一樣，伸長了雙手朝夏憐歌和莫西撲了過去。

「都是你們！都是你們！你們又想來把我的小朔帶走對不對！你們想帶走他！」

見她這般舉動，十秋連忙將懷中的夏憐歌推給莫西，一手將母親攔腰抱住，盡量不讓她碰觸到自己受傷的右手，蹙起了眉交代道：「你們先走吧，我等一下再過去。」

眼前發生的事已經超出了夏憐歌所能理解的範圍，她的腦袋像一條打了無數個死結的麻繩，什麼頭緒都整理不出來。一旁的莫西愣了一下，隨即點點頭，拖住夏憐歌就往昨日飛機降落的地方走。

「等……等等！十秋他不會有事嗎？」夏憐歌反手握住他的手臂。

「能有什麼事？」莫西僵硬的看了她一眼。「那是十秋閣下的媽媽。」

夏憐歌一下子說不出任何話來了。那邊十秋的母親緊緊抱住自己的兒子，歇斯底里的哭喊：「小朔！小朔你別再離開了！你不要離開我好嗎！」

「我沒離開，我在這裡。」十秋放柔了表情安撫著母親的情緒。

這時，旁邊的草叢一陣騷動，佳代慌慌張張的從裡面跑了出來，原本鎮定自若的態度已經完全消失殆盡，在看到夫人異樣的舉動和十秋滿手的血時，臉色更是青了又白。「少、少爺……夫人她……」

「混帳！妳是怎麼看住夫人的！」積壓許久的情緒終於找到突發口，十秋頓時像隻生氣的獅子般朝她大吼出聲。

佳代躬著的身子看起來又蒼老了幾分。「我……我去幫夫人拿藥，沒想到她就跑了出來……」

「真的嗎？」十秋是真的怒了，額上隱隱的爆出了青筋，鏡片之後的右眼在剎那彷彿躍出了幽綠色的火焰。

看到這情形的佳代整個人都被嚇住了，撲通一聲就跪了下去。「我……我騙誰都不敢騙您啊少爺！您就算給我一百個膽子我也不敢……」

夏憐歌被莫西拉著拐了個彎，眼前的場景就再也看不清晰了。

◇　◇　◇

這兩天裡所發生的事情像電影一樣，在夏憐歌的腦海裡重播個不停，感覺自己好像陷入了一個巨大的迷宮之中，怎麼樣也找不到出口。想要向莫西問個明白，卻又不知道應該從哪裡問起好。

她不由得嘆了口氣，整個人軟趴趴的癱倒在機艙內豪華舒適柔軟的椅背上，揉了揉太陽穴抱怨道：「真是的……這學院裡的人怎麼一個比一個奇怪啊，蘭薩特那傢伙半夜不睡覺跑出去散步就算了，十秋這死宅更是渾身都是謎……究竟隱藏了多少不為人知的秘密啊？」

原本一直望著窗外發呆的莫西突然轉過頭，錯愕的看了她一眼，「等等……夏憐歌妳剛才說什麼？蘭薩特閣下半夜跑出去散步？」

「對啊，你也覺得很奇怪吧，莫西？」一想到蘭薩特，夏憐歌就莫名的火大，鼓起雙頰，「哼」了一聲。

莫西垂下眼瞼沉思了半晌，才幽幽的開口：「……妳該不會連蘭薩特閣下為什麼不想睡覺的原因都不知道吧？」

「嗯?」夏憐歌皺起了眉頭。這難道也有什麼理由嗎?

看著她這樣的反應,莫西輕輕的嘆了一聲:「看來,蘭薩特閣下真的什麼都沒有告訴妳啊,他的ESP。」

「他的ESP……難道不是把東西變成花什麼的嗎?」像之前遇到愛麗絲的襲擊時將她的血變成薔薇花,而在遇到吸血鬼的挾持時又把他的匕首變成蒼蘭花……不過話說回來,雖然見過蘭薩特使用過幾次EPS,但這混蛋還真的沒說過他具體的能力哦。

「怎麼可能……」莫西有些失笑的看著她。「蘭薩特閣下所擁有的ESP,是操縱記憶啊。」

「操……操縱記憶?!」

「——清醒著的時候可以用語言操縱他人的記憶,而相反,在睡著了的時候,會被別人的語言操縱自己的記憶……」

第一次聽到這樣的事,夏憐歌一下子瞪大了眼睛。

這麼說來，無論是把血變成薔薇，抑或是將匕首化為蒼蘭，還有那次在練舞時讓原本空曠寂靜的空間響起輕盈的舞曲，全都是蘭薩特使用他自己的語言，為在場所有的人製造了虛假的記憶嗎……

突然，夏憐歌像是想起了什麼，陡然一驚，連忙追問道：「你……你剛才說蘭薩特在睡覺時會……？」

「是的。」莫西點了點頭。「因為擁有這樣的ESP能力，蘭薩特閣下在睡覺的時候，記憶有可能會遭到別人篡改，所以若不是在絕對信任的人身邊，他是完全不敢睡覺的。」

說到這，他頓了一下，又低聲喃喃了一句：「我還以為蘭薩特閣下已經完全接受妳了，沒想到……」

聽到這話，夏憐歌像是被什麼利刃劈中了一般，心裡頓時泛出了一陣陣酸澀。

因為在他身邊的是自己而不是十秋，所以他寧願在寒冷的冬夜跑出去吹風，也不敢放下全身的戒備，閉上眼睛好好睡上一覺嗎……

之前明明、明明說過他信任她的。

想到這裡，她又開始莫名的焦躁。沒有信任的人在身邊，他連小憩一會兒都不敢，這樣的話，難不成蘭薩特從那時候開始，就一直在強迫自己保持清醒的狀態嗎？

她撫著冰冷的玻璃窗，呼出的熱氣凝在上面，外面的世界好像全部被籠在這一片迷茫的霧氣裡。

不行，得快點回去，得快點找到蘭薩特才行……

就算自己沒辦法取代十秋的位置，那麼別讓他一個人孤零零的也好……

短短五分鐘的路程，在這一瞬間竟也顯得如十萬八千里般漫長。

◇　◇　◇

才剛下飛機，夏憐歌就急匆匆的跟莫西告別，跑去蘭薩特平時經常出現的地方逛了一遍。然而，在這繁華如巨大都市的學院裡找一個人，無疑是大海撈針。晌午都已經過了，夏憐歌差點把兩條腿走斷，卻依舊沒有找到蘭薩特的蹤影。

沒在事務廳裡，沒在他所在的班級裡，沒在儲君專用的宿舍裡，也沒在她的房間……

她覺得有些沮喪，嘆了一聲，就隨便坐在一旁的黑鐵雕花長椅上。

位於島嶼中央、歷史悠久的鐘塔就在前方數百公尺遠，建築的巨大影子像一塊望不到盡頭的帷幕，將周圍的一切景色掩在其中，連吹在臉上的風也似乎比其他地方更為冷冽一些。冬天一到，除了守鐘人偶爾緩慢而悠閒的腳步聲之外，這附近安靜得甚至讓人覺得有些異樣。

休息了片刻，夏憐歌捶捶痠痛的大腿，死氣沉沉的站起來，才一轉身，突然發覺對面幾十公尺遠的長椅上，坐著一個熟悉的人影，一身單薄的白襯衫，沒怎麼經過打理的金髮鬆鬆散散的披在肩上，垂著腦袋，一臉倦怠的模樣。

也是，他之前說過想到鐘塔這邊來看看的，自己為什麼一直沒有想到呢？

那一瞬間，所有的情感都彷彿初冬簌簌的雪花般緩緩沉澱下來，天地間變成了一片茫茫的白色。沒有慶幸也沒有抱怨，她從晦澀的陰影裡走向陽光一角，如一頭安靜的小獸，裝作無意的姿態，坐在了他的身旁。

蘭薩特好像完全沒有看見她一樣，也不說話，依舊倔強的睜著雙眼。

夏憐歌瞧見他眼下越發濃重的黑眼圈，隱隱的覺得有些莫名的心痛。「我……去找十秋了，他那有點事，應該等一下就會過來的。」

像是觸動了某個機關，蘭薩特轉過頭惡狠狠的瞪了她一眼：「吵死了！誰要妳多管閒事啊！」

「你……！」

果然這傢伙一張嘴就不會有什麼好事！自己那麼關心他幹嘛！那些心痛那些擔憂全部見鬼去吧！

夏憐歌惱火得跳起來就想走開，但看見他一副要死的樣子伏在長椅上，不知為何，心中竟又冒出了點點的不捨。撇撇嘴，她像個彈簧一樣騰地又坐了下去。

「那我就勉為其難的陪你一下好了，睡一會兒吧。」說著，她賭氣的別開了臉。「如果覺得我討厭——就直接說。」

蘭薩特瞟了她一眼，嗤笑一聲，毫不客氣的張開口就是一串：「完全沒優點，而且很蠢；作為我的騎士又沒什麼用處，盡給我添麻煩；長得不好看就算了，還囉囉嗦嗦的，說不討厭那是騙人的吧——」

「夠了！真是抱歉啊！」夏憐歌越聽越火大，截住他話尾。

自己到底是怎麼了啊！明知道他是這副德行，為什麼還非得留在這裡任他作踐自己！瞪著一雙差點噴火的眼睛準備起身，結果卻發現手腕一緊。夏憐歌回過頭，發現自己的衣袖被人扯住了。

「開玩笑的，最近有那麼一點開始喜歡妳啦。」

明明剛才還一副看不起人的樣子在數落她，現在卻又擺出了嬉皮笑臉的表情。

夏憐歌愣了好一會兒才察覺到蘭薩特話中的「喜歡」兩字，一瞬間心跳像鑼鼓一樣瘋狂的鳴了起來，全身的血液像一列橫衝直撞的火車朝臉上急駛而去，她覺得自己的腦袋都快冒出煙來了。

「說……說什麼啊蠢材！」

彷彿惡作劇成功的小孩子，蘭薩特微微的勾起嘴角，閉上眼睛，朝夏憐歌的肩膀靠了過來。「真的好睏，肩膀讓我靠一下吧。」

夏憐歌頓時全身僵硬，正想條件反射的喊「我、我不是十秋！」時，對方卻已經一副睡死了的模樣，均勻的呼吸宛若夏日裡毛茸茸的蒲公英，撓得頸窩癢癢的。

夏憐歌紅透了臉，心裡有些憤憤的想著：還沒答應你呢，太主動了啦混蛋！

然而，看著蘭薩特那如小孩子般天真的睡顏，她的臉上又忍不住浮出雀躍的笑。

放心吧……我會在你身邊的。

沒有人可以傷害你。

◇　◇　◇

蘭薩特這一覺睡到傍晚還沒醒來。夜色彷彿落下的布幕一樣緩緩的垂下，夏憐歌的肚子餓得咕咕叫，肩膀瘦得似乎只要動一下整個身子就會跟著散掉，但是看著蘭薩特那安穩寧靜的睡臉，她又不忍心吵醒他。

偏偏十秋就在這種時候出現。看他有些氣喘的樣子，應該是一路小跑過來的。

十秋盯著這樣微妙的場景，將鼻梁上的眼鏡扶正，絲毫不留口德的說道：「虧我還擔心他會因睡眠不足而猝死。」

你要真擔心那一早就回來啦哪還用得著我們去找你！

想是這樣想的，但畏於十秋那壓死人的氣場，夏憐歌沒敢說出口來。

十秋也沒在意，隨便找了個位子就坐下來。

夏憐歌看著十秋纏著紗布的右手，想起之前要離開他家時發生的事情，不免顯得有些拘謹，問道：「那……那個，家裡的事情處理好了嗎？」

「嗯。」十秋無所謂的應了一句。

「那……那就好。」

反正也沒期待他能把事情的始末講給自己聽，夏憐歌安靜了下來，過一會兒又訝異的「咦」了一聲：「你是怎麼找到這裡來的？」

十秋一副「連這種事情都要問」的模樣瞥了她一眼，理所當然的說道：「因為彼方獨處的時候喜歡安靜的地方。」頓了一下，他又正經八百的接了下去：「妳能找到的地方我怎麼可能找不到，妳以為我有可能蠢得過妳嗎？」

「對哦，你跟蘭薩特是青梅竹馬呢。說起來你們是怎麼認識的啊？」話剛出口，反射弧比別人長好幾百倍的夏憐歌才驀然反應過來，頓時氣得肺都要炸了。「等等！你剛才是不是罵我蠢了啊混蛋！」

十秋沒有理會她的炸毛，頓時露出一副認真的表情，漆黑的雙瞳裡如夜色流轉，彷彿藏匿著無數顆正在緩慢轉動的小小星球。

他淡淡的問道：「妳想看嗎？」

「欸？」

「我們的回憶啊。」

夏憐歌愣了愣。

——說不想……那是騙人的吧。

十秋摘下了厚重的眼鏡，剎那，他的右眼彷彿燃燒了起來，竄出若隱若現的幽綠火光，沉澱在眸底的墨黑逐漸融化成綠寶石般冶豔的金綠色，好似有千百個畫面在瞳孔裡重疊交加。他轉過頭，看了看夏憐歌呆呆的臉，撩起額髮垂下腦袋，將額頭輕輕的抵在她冰冷的額頭上。

「那就讓妳看看吧，那些在我眼中封存已久的、早已逝去的風景。」

——記憶像是冰涼的水，緩慢滲透進自己的腦海之中，眼前是一條平靜如布綢的淺河，幼年的蘭薩特獨自一人坐在靜止不動的秋千上，那彷彿一個被隔離和埋藏起來的世界，除了他之外，連樹和陽光都是死的。

十秋撥開茂密的草叢走過來，看了看一言不發的蘭薩特，隨意坐在了一旁的樹樁上。

「母親大人說今天蘭薩特阿姨會帶著她的兒子前來拜訪。」他擺弄著淺灘上的菖蒲花，用一副不符年紀的口吻隨口問道：「你就是彼方．蘭薩特嗎？」

蘭薩特沒有說話。

十秋瞥了他一眼，見他似乎無意搭理，便不再出聲，繼續將注意力放到手中的菖蒲上。

真奇怪，明明是全株有毒的植物，花語卻是「信賴」。

也不知是想到了什麼，年紀小小的十秋倏地笑出了聲。並不怎麼歡快、卻也並不怎麼苦澀的笑，聽著像機械人發出的無意義音節，既冰冷又單調。

依舊木著一張臉一言不發的蘭薩特，因為十秋的笑聲將視線移到他身上。

那抹笑容仍然噙在十秋的脣邊。他發覺到蘭薩特的目光，卻也不看他，只是迎著日光站起身來，雲淡風輕的問了一句：「你在害怕嗎？」

蘭薩特困惑的偏了偏頭。

似乎了然他的反應，十秋接著問道：「我是說，你不說話的原因，是因為你在害怕嗎？」

話音剛落，蘭薩特不由自主的愣了一下，他看見十秋轉過腦袋來若有所思的盯著自己，玄武石般黑亮的右眼瞬間變得綠盈盈的。

對方的眼神不知為何突然讓他感到一陣慌亂，蘭薩特像在掩飾什麼似的，垂下腦袋咬緊下脣，小小的手捏成了拳頭。

那時的他還未能熟練的運用操縱記憶的語言，有時無意間的一句話也能顛覆別人小心珍藏的回憶。即使身為尊貴無比的儲君，周圍的人表面上對他畢恭畢敬，私底下卻巴不得離他越遠越好，生怕他不小心的一句話，就毀了自己半生的記憶。

蘭薩特不想去傷害別人，也不想讓別人以此為藉口來傷害自己。沉默便是最好的法則。

眸底的綠光漸漸暗了下去，十秋一動不動的站在原地，什麼話也沒有說，不知道到底在想些什麼。

「……其實，你也是跟我一樣的吧？」

良久之後，卻是早已習慣了沉默的蘭薩特首先打破這場寂靜。

「……我知道的，你剛剛的笑聲，聽起來很寂寞。」

說著，他又似乎覺得懊悔，連忙伸手死死捂住自己的嘴巴。

十秋安靜的看著他的舉動，忽而再次發出了笑聲。

「是啊，我跟你一樣，都很寂寞呢。」

與剛才的笑不同，這一次甚至可以稱得上「溫柔」的笑容。

十秋拉開蘭薩特捂住嘴巴的手，像最為忠貞的騎士般單膝跪下，折了身旁的菖蒲花，向蘭薩特遞上。「沒關係，我一點都不害怕，你的語言改變不了我的記憶，因為過去的一切我全部都看得見。」

蘭薩特抬起了眼，彷彿受驚的兔子般輕聲問道：「那……那麼，一直陪在我身邊也是沒問題的嗎？」

「嗯，沒問題的。」

——我們都以為自己無法被救贖，直至彼此相遇為止。

記憶像是一群乍起的蝴蝶紛飛散去，腦海中的畫面如海市蜃樓般轟然倒塌。

原來在遇見十秋之前，蘭薩特一直都是自己一個人……

不知為何，心臟有些微微的疼痛。夏憐歌睜開眼，聲音裡帶入了柔軟的哭腔：「什、什麼呀……十秋你這傢伙，平時總是擺出一張死人臉，其實還是挺為別人著想的嘛，還會主動跟蘭薩特搭話……」

十秋輕輕的笑了起來，就好像她剛剛在那場回憶裡見到的那般，連語氣也是出乎意料的、難得的輕柔：「……因為那時候看著彼方那副樣子，就情不自禁的覺得，非成為他信任的人不可。」

夏憐歌的脣邊浮起一抹淡淡的笑，還沒從那段泛黃的回憶中回過神來，就驀地聽見身後傳來了幽幽的聲音：「你們在幹什麼？」

「蘭、蘭薩特——？！」她頓時驚得差點整個人跳起來。

靠她極近的十秋倒是好整以暇的退了開來，神色早已恢復為以往的淡然，看著蘭薩特複雜的臉色，他也沒說話，逕自從口袋裡摸出一張精緻的書籤，就往他遞了過去。

長條狀的書籤是用乳白色的象牙製成的，上面是一簇菖蒲的浮雕。十秋的表情柔和了下來，望著蘭薩特微微的勾起了嘴角，輕聲說了一句：「生日快樂，彼方。」

「……」兩人驟然和諧起來的氣氛讓夏憐歌有些反應不過來，而下一秒她就像被陷阱夾住了尾巴的小白鼠一樣大叫出聲。

「欸欸欸——？！蘭薩特的生日？！」

◇　◇　◇

事情至此，大概就是真的雨過天青了。

蘭薩特與十秋居然莫名其妙的就和好了，兩人友好得彷彿壓根就沒有吵過架一般。

夏憐歌和兩位儲君在都夏區一間五星級的中式茶樓裡享受下午茶，看著蘭薩特擺弄著十秋送給他的象牙書籤，強裝起笑臉，咬牙向十秋問道：「你回家熬了兩天通宵，就是為了做生日禮物送給蘭薩特嗎？」

「怎麼可能。這東西我早就準備好了。」十秋依舊全神貫注的投入到手中的PSP裡，話居然意外的多了起來：「想起來就惱火，妳知道我花了多長時間才把《Sweet Pandora》的劇情推進到三周目嗎？我還跟常清說好了，隔天就放攻略和福利，結果彼方趁我不在的時候，把遊戲的存檔全都覆蓋掉了。」

「我說了我是失手。」蘭薩特抿了一口大紅袍，攤攤手，一副無所謂的樣子。

「……算了，現在我也把進度都玩回來了。」十秋聳聳肩。

話音剛落，夏憐歌的咆哮就像平地而起的響雷一般炸了開來：「等等！難道你們就是因為這個而吵架的嗎！」

這算什麼？！簡直就跟十秋和蘭薩特家兩位阿姨因為「什麼妳生的居然不是女孩」這種事情吵架一樣幼稚好嗎！

「對啊。」蘭薩特吊起嘴角，鄙夷的望著她。「這不是顯而易見的事情嗎？」

「……哪裡顯而易見了啊！你們是小孩子嗎？居然為了這種破事吵架！十秋我真是看錯你了！看你急著回家我還以為是發生了什麼大事，結果就是為了回家通宵玩遊戲！」

「也不光是為了遊戲，還是為了我的母親。」

原本還處於瘋狂狀態的夏憐歌剎那噎了一下，一晃眼就看到了他右手上厚厚的紗布，總覺得心裡有點不好受。

十秋卻像個沒事人一樣，按掉了PSP的開關，往門口處望了望，「噢，常清下課了，那麼我先走了。」說罷，他便站起身來，跟著剛進門就歡欣鼓舞朝他揮手的常清，往樓上的包廂走了過去。

夏憐歌看著這樣的場景，忍不住在心裡冷哼一聲，要是常清身後有尾巴的話，這時候估計已經像隻小狗一樣搖個不停了。

一想到狗，夏憐歌的記憶就跳到之前在十秋家裡所發生的一連串事情，直到現在她還是覺得有些不真實。

她看了正叼著小籠包的蘭薩特一眼，左思右想猶豫了很久，才湊了過去低聲說道：「說起來，蘭薩特，前幾天去十秋家裡的時候……聽到了有點奇怪的傳聞……」

「嗯？」蘭薩特奇怪的看著她，吊兒郎當的態度似乎也一下子收斂了起來。

夏憐歌思考著措辭，為難了好一陣子，才緩緩開口：「因為聽人說……他是『死過一次』的人……什麼的。」

「……什麼啊，就因為這個嗎？」被她神秘兮兮的語氣搞得也開始緊張的蘭薩特，瞬間鬆懈了下去，雙手枕在腦後，靠上了椅背。「嘛……從某個角度來說，他的確是『死過一次』的人沒錯啦。」

「咦？」

「因為朔月小時候曾經從山上摔下去過，當時他們家族派出了很多人，幾乎把整個圖柏島都翻了過來，但是既沒找到人，也沒找到屍體。搜尋持續兩個多月之後，十秋家的長老們都打算當成死亡來處理了——」

說到這，蘭薩特也露出了些於心不忍的神色。「朔月的媽媽兩個月來都以淚洗面，葬禮舉行時她整個人都崩潰了，哭著喊著怎麼也不讓儀式繼續進行下去，結果就在這個時候，朔月他突然回來了。」

「回……咳唔唔唔！」夏憐歌驚愕的瞪大了眼睛，剛一出聲就被茶水嗆到。「回、回魂了？！」

「……魂妳個頭啦！」蘭薩特沒好氣的瞟了她一眼。「朔月沒死，但是這兩個月上哪去了也說不出來，他失憶了。」

……怪不得江梨子說他好像變了一個人……就是因為這個原因嗎？

「但是自那以後，朔月的媽媽精神就變得有些奇怪了，對他寵溺到近乎病態，總是擔心朔月什麼時候又會離開自己，太久沒看到他還會做出些偏激的舉動……得靠藥物才能維持精神正常。」

所以十秋媽媽才會對他們幹出那種事……這樣一想，又覺得她實在是有些可憐了。

但是，如果十秋並沒有死的話……那麼山崖下那個自稱「十秋朔月」的男孩，又是怎麼一回事呢？

夏憐歌皺了皺眉，一直被自己強行壓下去的愧疚，這時全部湧了出來。當發現自己沒有遵守約定的時候，那個男孩又會露出怎樣的表情？

夏憐歌看著蘭薩特的側臉遲疑了一陣，終是輕嘆了一聲，將這件原本打算永遠封存在心底的事情也一併講給他聽。

蘭薩特越聽臉色越困惑，到了最後，勉強把所有訊息拼湊起來：「妳是說……在圖柏島上遇見了……以幼年形態出現的朔月的『幽靈』？」

「是啊，而且他還沒有見過你喔。」

聽罷的蘭薩特將眉頭越鎖越緊，撫著下巴足足思考了十多分鐘，才恍然大悟的「啊」了一聲，有些好笑的拍了拍自己的額頭，「我怎麼把這件事給忘了呢？」

「到底是怎麼一回事啊？」夏憐歌焦急的拍著桌子。

「剛才不是跟妳說過了嗎？朔月失憶過，以摔下山崖那段時間為分界線，之前的事情他全部不記得了。」

「所以呢？」夏憐歌不明就裡。

「所以啊……」這下子蘭薩特倒是慢條斯理起來，也不知是不是故意想看夏憐歌跳腳的模樣。「所以那個男孩就是朔月失去的那段記憶啊，在摔下山崖的時候，『他』從本體裡逃了出來。」

「啥？逃出來的記……啊！」這下子夏憐歌也想起來了。

之前常清就跟她說過，失憶也有可能是那段記憶「逃走」了造成的。

而逃走的記憶會變成什麼呢？會成為本體的「幽靈」。

——嚴格來說，是與本體有著相同的形態、介於靈體與意識之間、非常脆弱的東西。

——當然，它並不會察覺到自己只是一段記憶，而是會以為自己就是「本體」。只不過它所擁有的，也僅僅是這一段本體失去的記憶罷了。

「當初也是因為聽說十秋家發生了一些變故，母親才帶我過去拜訪。」蘭薩特露出「明白了嗎」的表情。「也就是說，我是在朔月失憶後才認識他的，所以那個『幽靈』不認識我也是理所當然的啦。」

的確……夏憐歌點點頭，這樣一來也就全部說得通了。

不過那個男孩……未免也太過可憐了一點。雖然只是一段記憶，但他也是擁有十秋所有的情感啊！他也是會想念，會開心，會憂慮，會寂寞的啊！然而，他卻只能以如此尷尬的形式存在著。

以沒有人知曉的形式存在著。

想到這裡，夏憐歌心裡的罪惡感又加深了一層。

「哎……不過說起來，十秋應該也不好過吧……」夏憐歌軟趴趴的將下巴抵在桌子上，說道：「聽那男孩講起往事的時候，總覺得他跟其他人相處得很好的樣子，可是現在……」

一想起僕人們面對十秋時躲躲閃閃的神色，又想起江梨子那句「姐姐也不害怕十秋少爺嗎」，夏憐歌就忍不住皺了皺眉頭。「說起來，十秋家的人為什麼會畏懼他呢？」

一聽到這話，蘭薩特的神色瞬間變得古怪起來，說話都開始有些支支吾吾：「那時候還小，具體事情我也不清楚啦，只是聽說過一個挺奇怪的流言……」

「嗯？」

蘭薩特似乎不想說下去了，但又耐不住夏憐歌好奇的目光，只得煩躁的抓抓頭髮，無奈的開口道：「從什麼地方說起好呢……那個，朔月家以前好像養過一隻秋田犬，名字叫手套。」

「欸……欸？手套？」女人懷中那個充滿了怨毒與冰冷的狼頭一下子浮現在眼前，夏憐歌忍不住打了個冷顫。原來他們家真的養了這麼一隻狗嗎？那十秋媽媽又為什麼會……

那邊的蘭薩特不耐煩的用筷子戳了戳碗底。「嗯，聽說在朔月出生之前，手套就已經在他家待了挺久的了，而且在朔月出生後，手套跟他的感情非常好，甚至說牠是十秋小時候的玩伴和守護者也不為過。」

說到這，蘭薩特的聲音有些不自覺的壓低了下來：「但是等失蹤的朔月回來之後，手套對他的態度卻完全變了。」

「變了？」夏憐歌困惑的側過了腦袋。

「嗯……好像是不再親近朔月了。不過這也沒什麼，當時十秋家的下人都覺得，可能是朔月這兩個月在山林裡待久了，身上沾了其他野獸的氣味，或者是因為他失憶了性格不一樣，手套沒把他當成以前的朔月。只是……」

蘭薩特又猶豫的蹙了一下眉頭，過了好久才將話接了下去：「有一次不知道發生了什麼事，手套突然發了瘋一樣的攻擊朔月，咬住他的手，任憑別人怎麼拽都不放開，還將他推進了庭院那個養鯉魚的池塘裡。」

夏憐歌愕然的瞪大了眼睛。「這、這……十秋他……」

「他當時受了挺嚴重的傷，被人從池塘裡撈出來的時候，整個人跟個血人似的。」蘭薩特的眼神黯了黯。「朔月的媽媽當時氣到幾乎要瘋掉了，正要去找手套算帳的時候，卻發現手套牠……死掉了。」

「死掉了？！」夏憐歌忍不住喊出了聲。「怎麼死的？」

蘭薩特搖了搖頭，「不知道，那池鯉魚也死了。在這之前牠們只跟朔月有過身體接觸……所以那些下人認為是朔月的原因。」

越聽越亂，夏憐歌覺得自己都快一個頭變成兩個大了。

「謠言，就從這地方開始生起了。」蘭薩特微勾起嘴角，笑容裡露出了一些淡淡的嘲諷：「他們沒有去調查事情的真相，便擅自認為神秘失蹤了兩個月後回來的朔月，或許並不是上天的恩賜……而是從冥界返回的被詛咒的惡鬼。再加上他的ESP——」

不知是不是想到了自己的過去，蘭薩特的笑容看起來顯得有些不自在。

「左眼可以看見現實，右眼可以看見過去——朔月是在失蹤回來之後，才擁有這個ESP的。這個能力可以洞悉任何過去，而每個人總有自己不為人知的秘密……誰都不想在別人面前暴露它們。」

經歷過一次神秘的死亡、莫名的奪去了其他生物的性命、擁有可以看穿他人過去的ESP……這所有的一切，讓十秋朔月成為了一個不祥的存在。

聽到這裡，夏憐歌也不敢置信的輕輕斂起了眉。

「不過嘛，手套和那池鯉魚是不是真的就這樣子離奇的死掉，我覺得還有待考證。」蘭薩特抱頭懶散的靠在了柔軟的椅背上。「畢竟是多年前的事情了……真實性實在不好說。八成是朔月家的僕人誇大其詞了，然後越傳越廣……導致了現在這種局面。」

夏憐歌用手抵住了下巴。「那被這樣冷落的十秋豈不是挺可憐的……」

「也不能說是冷落……怎麼說好呢？」蘭薩特抬起手指撓了撓臉頰。「有這樣子的傳言，他們確實都不太願意接近朔月，但真的有事的話，倒也不會放著他不管，只是平時的態度肯定就沒那麼殷勤了。而且就朔月那個性，他也懶得去澄清什麼，沒人去糾纏他，他還樂得輕鬆呢，結果就搞得他跟僕人們看起來一副特別疏離的樣子。」

說著，蘭薩特不熟練的用筷子戳戳盤子裡的春捲，驀地嘆了一句：「不過，朔月脾氣也挺好的，只要不碰他的死穴，他基本上很少生氣。換成是我，要是這麼一個子虛烏有的流言蓋下來，我不揪出源頭來算帳才怪呢。」

……果然是有仇不報非蘭薩特啊！

然而下一秒，夏憐歌像是才捉到他句中的關鍵字一樣，險些被茶噎了一口：「等等，十秋那脾氣也叫好啊?!」

一想到十秋平時周邊的低壓氣場,夏憐歌的額頭上就忍不住劃下一堆黑線。「不是還會為了遊戲跟你吵架嗎?!」

「……因為那是他的死穴。」夾起的春捲又掉了下去,蘭薩特的眉頭蹙了蹙。「而且只要存檔一回來,他不就跟什麼事都沒發生過一樣了嗎?」

這個……倒也沒法否認,當時叫十秋回學院來時,他也乾脆的答應了。

夏憐歌訕笑幾聲,又看見蘭薩特的眸色黯了黯,表情也跟著低落了下去。

「其實說到底,要不是我先去翻他的電腦,也不會不小心把遊戲存檔覆蓋掉了……」

「欸?」夏憐歌愣了愣。「你翻他電腦幹嘛啊?」

「……因為做了,一個讓我非常在意的夢。」

夢境裡,是讓他覺得陌生的朔月和未知的第三人,那種異樣的氛圍,讓他至今想起都感覺彷彿有無數的蟲蟻在啃咬著他的後背,渾身像是被扔進了冰窖裡一樣難受。

那僅僅只是一個夢境嗎?還是說，是潛意識對自己的一種警告呢?

突然被自己的這個想法嚇了一跳，蘭薩特甩甩腦袋，看著夏憐歌那一臉疑惑的樣子，咳了一聲，迅速把話題轉開。

「說起來，妳究竟約我來這裡幹什麼?」

話才出口，夏憐歌的臉就詭異的紅了起來，好像全身都長了刺一般開始坐立不安。磨磨蹭蹭好久，她才像是終於下定了決心，從口袋裡掏出一樣東西，別開臉向他遞了過去。

「雖、雖然晚了幾天，但……但還是跟你說聲生日快樂好了!」

蘭薩特接了過來，才看了一眼就忍不住噗嗤笑出了聲：「這個不織布是啥玩意啊?妳要說它是我嗎?雖然我一點都不期待妳的手藝，但能醜成這樣也太出乎我的意料了。」

緋紅色又一下子漲到了耳根，夏憐歌「啪」的一聲拍桌而起。「混蛋!你不要就還給我!」

「生日禮物還有向人要回去的嗎?」蘭薩特故意拿起那個粗糙的不織布玩偶在她面前晃

了晃，在夏憐歌衝上來將它搶回去之前，又迅速的塞回自己懷裡。「算啦，既然是妳的心意，我就勉為其難收下好了。」

「誰要你勉為其難啊！不喜歡就還給我！」

看著夏憐歌那氣急敗壞的模樣，蘭薩特突然覺得，要是日子能這樣一直持續下去，其實還挺有趣的。

——最起碼，有夏憐歌這個傢伙在，也不會顯得無聊了吧。

《少女騎士の圖柏島夜未眠．記憶與荊棘城邦》完

敬請期待更精彩的《少女騎士04》

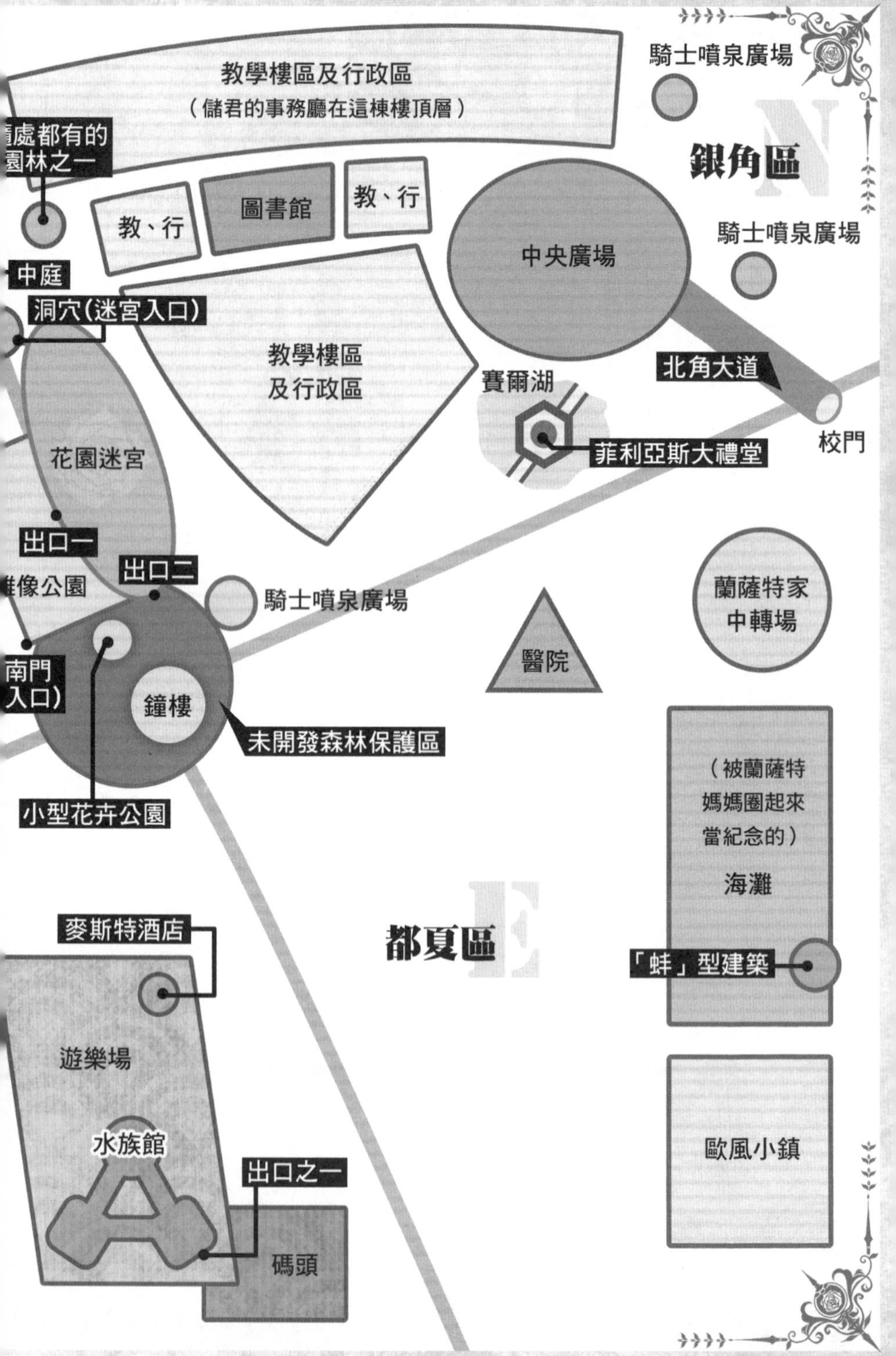

騎士噴泉廣場
教學樓區及行政區
（儲君的事務廳在這棟樓頂層）
銀角區
處都有的
園林之一
教、行
圖書館
教、行
中央廣場
騎士噴泉廣場
中庭
洞穴（迷宮入口）
教學樓區
及行政區
北角大道
賽爾湖
校門
菲利亞斯大禮堂
花園迷宮
出口一
出口二
像公園
騎士噴泉廣場
蘭薩特家
中轉場
醫院
南門
入口）
鐘樓
未開發森林保護區
小型花卉公園
（被蘭薩特
媽媽圈起來
當紀念的）
海灘
麥斯特酒店
都夏區
「蚌」型建築
遊樂場
水族館
出口之一
歐風小鎮
碼頭

薔薇帝國學院平面圖

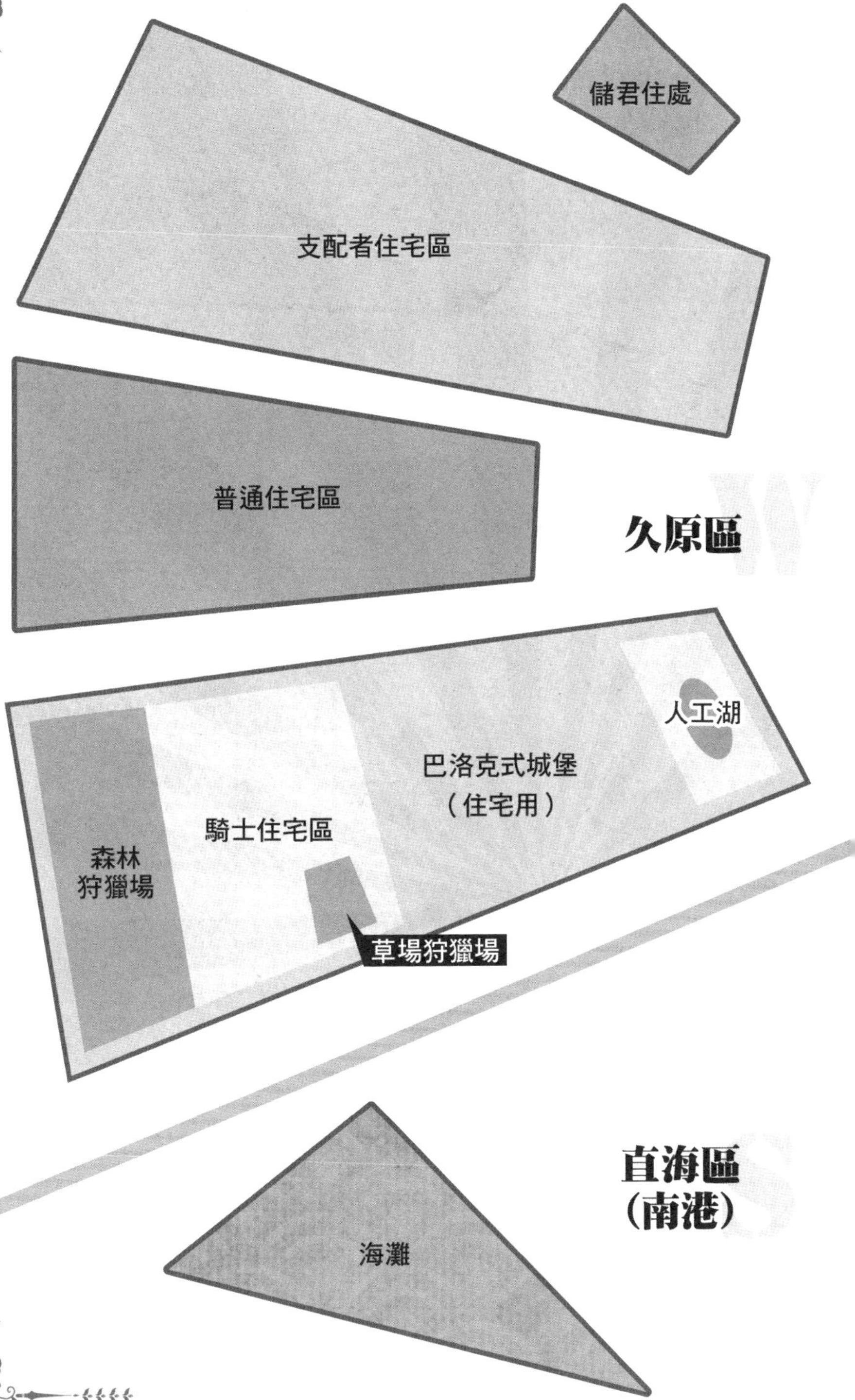
儲君住處
支配者住宅區
普通住宅區
久原區
人工湖
巴洛克式城堡
（住宅用）
騎士住宅區
森林
狩獵場
草場狩獵場
直海區
（南港）
海灘

圖柏島平面圖

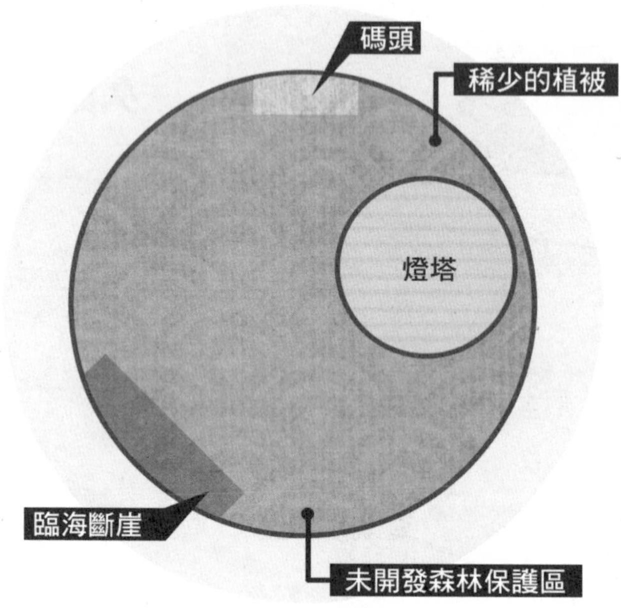
碼頭
稀少的植被
燈塔
臨海斷崖
未開發森林保護區

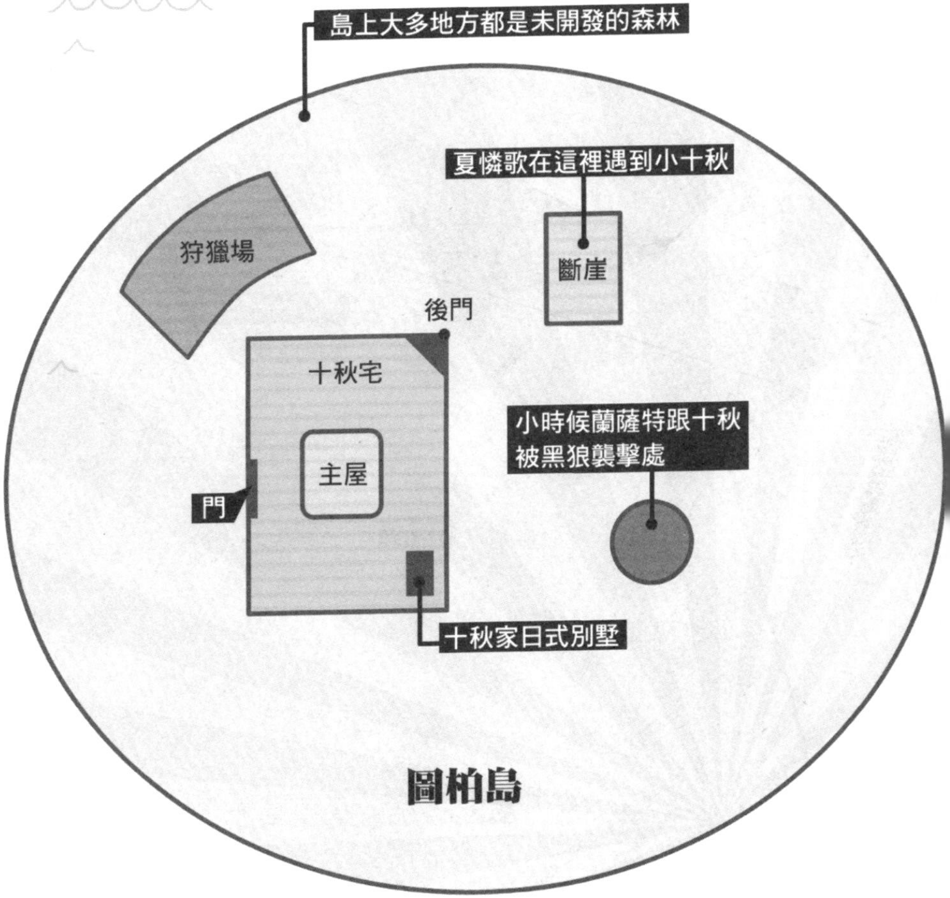
島上大多地方都是未開發的森林
夏憐歌在這裡遇到小十秋
狩獵場
斷崖
後門
十秋宅
主屋
門
小時候蘭薩特跟十秋
被黑狼襲擊處
十秋家日式別墅
圖柏島

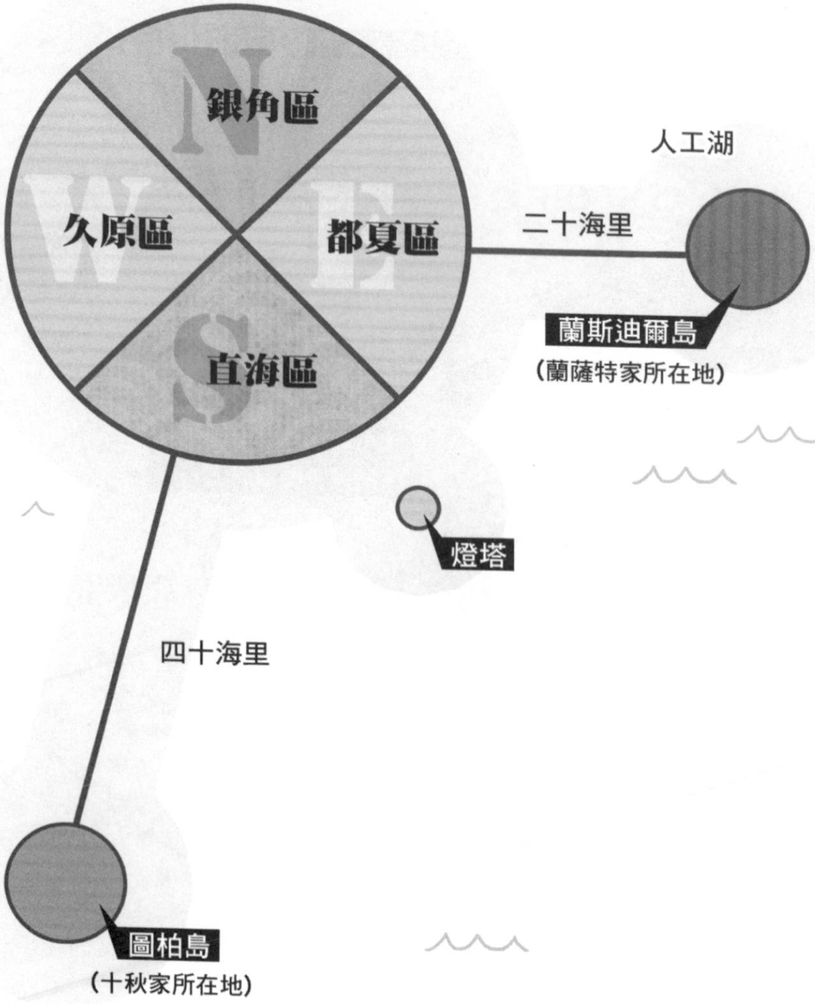
N
W
E
S
銀角區
久原區
都夏區
直海區
人工湖
二十海里
蘭斯迪爾島
(蘭薩特家所在地)
燈塔
四十海里
圖柏島
(十秋家所在地)

不思議特報 《現代魔法師》套書好禮相送！！

吐槽系作者 **佐維**＋知名插畫家 **Riv**

正港A臺灣民間魔法師故事

《現代魔法師》驚爆登場！

活動辦法

凡在安利美特animate購買
《現代魔法師》全套八集，
在2014年6月10日前（以郵戳為憑）
寄回【全套八集】的書後回函，
以及附上安利美特購書發票影本、
或是於回函上加蓋安利美特店章，
就能獲得知名插畫家Riv繪製的
「現代魔法師超萌毛巾」一條，
準備與泳裝萌妹子一起清涼一夏吧！

備註：
1.可以等收集完八集的回函與發票或店章後，
再於2014年6月10日前寄回。
2.主辦單位有權更改活動規則。

飛小說系列067

少女騎士03

少女騎士の圖柏島夜未眠

出版者■典藏閣
作　者■夏澤川　　繪　者■MO子
總編輯■歐綾纖
製作團隊■不思議工作室　　代理出版社■廣東夢之星文化
郵撥帳號■50017206 采舍國際有限公司（郵撥購買，請另付一成郵資）
台灣出版中心■新北市中和區中山路2段366巷10號10樓
電　話■(02)2248-7896　　傳　真■(02)2248-7758
物流中心■新北市中和區中山路2段366巷10號3樓
電　話■(02)8245-8786　　傳　真■(02)8245-8718
ISBN■978-986-271-397-6
出版日期■2013年10月

全球華文國際市場總代理／采舍國際
地　址■新北市中和區中山路2段366巷10號3樓
電　話■(02)8245-8786　　傳　真■(02)8245-8718

新絲路網路書店
地　址■新北市中和區中山路2段366巷10號10樓
網　址■www.silkbook.com
電　話■(02)8245-9896
傳　真■(02)8245-8819

☞您在什麼地方購買本書？☜

1. 便利商店（________市／縣）：☐7-11　☐全家　☐萊爾富　☐其他__________

2. 網路書店：☐新絲路　☐博客來　☐金石堂　☐其他__________

3. 書店（________市／縣）：☐金石堂　☐誠品　☐安利美特animate　☐其他________

姓名：__________地址：______________________________

聯絡電話：______________　電子郵箱：____________________

您的性別：☐男　☐女　　您的生日：西元________年________月________日

（請務必填妥基本資料，以利贈品寄送）

您的職業：☐上班族　☐學生　☐服務業　☐軍警公教　☐資訊業　☐娛樂相關產業

☐自由業　☐其他__________

您的學歷：☐高中（含高中以下）　☐專科、大學　☐研究所以上

☞購買前☜

您從何處得知本書：☐逛書店　☐網路廣告（網站：__________）　☐親友介紹

（可複選）　☐出版書訊　☐銷售人員推薦　☐其他__________

本書吸引您的原因：☐書名很好　☐封面精美　☐書腰文字　☐封底文字　☐欣賞作家

（可複選）　☐喜歡畫家　☐價格合理　☐題材有趣　☐廣告印象深刻

☐其他__________

☞購買後☜

您滿意的部份：☐書名　☐封面　☐故事內容　☐版面編排　☐價格　☐贈品

（可複選）　☐其他

不滿意的部份：☐書名　☐封面　☐故事內容　☐版面編排　☐價格　☐贈品

（可複選）　☐其他

您對本書以及典藏閣的建議______________________________

____

____

✌未來您是否願意收到相關書訊？☐是　☐否

感謝您寶貴的意見

印刷品

$3.5
請貼
3.5元
郵票

235 新北市中和區中山路二段366巷10號10樓
華文網出版集團　收
（典藏閣－不思議工作室）

少女騎士の圖柏島夜未眠 03

夏澤川 著
MO子 繪